귀신 붙게 해 주세요

이로아 장편소설

귀신 붙게 해 주세요

차례

1부 조짐

윤나

윤나를 찾아온 손님은 같은 2학년이었다. 친구를 통해 번호를 받았다고 했다. 처음 보는 아이였는데 눈동자 색도 밝고 머리카락 색도 밝았다. 윤나는 손님의 머리카락을 한 움큼 쥐고 뿌리 쪽을 훑어보았다. 색이 균일했다.

"따로 염색한 적 없지? 원래 이 색인 것 같은데."

손님이 고개를 끄덕였다. 이제까지 온갖 염색모를 한 손님들이 찾아왔지만 자연 갈색을 검게 덮어 달라는 사람은 처음이었다. 윤나는 손님의 머리카락을 이리저리 살펴보았다. 손가락 사이로 머리카락이 부드럽게 흘러내렸다. 이 윤기 나는 아이들을 굳이 물들여야 한다니 아쉬웠다. 염색약을 바르면 머릿결은 반드시 상할 수밖에 없었다.

"근데 왜 왔어? 교장이 자연 갈색은 봐준다고 하지 않았나?"

"면제받으려면 어릴 때 사진 가져오라는데, 머리색 잘 나온 사진이 없어서. 복도에서 쌤들한테 붙잡힐 때마다 설명하는 것도 귀찮고."

손님은 이 설명조차 처음 하는 것이 아닌지 지루한 말투였다. 윤나는 새 교칙이 발표된 이후 이날만을 기다려 왔다는 듯 눈을 부릅뜨고 복도를 배회하던 몇몇 얼굴을 떠올렸다.

윤나도 악명 높은 선생에게 잡힌 적이 있었다. 처음에는 파마를 했다는 이유로 반과 번호를 묻더니 이내 머리카락을 귀 뒤로 넘겨 봐라, 손톱이 그게 뭐냐, 피어싱이랑 반지 다 빼라, 너 주머니에 있는 거 핸드폰 아니냐, 슬리퍼에 이상한 거 달고 다니지 말라고 했지, 끝도 없이 트집이 이어졌다. 한 가지 트집은 열 가지 트집을 불러올 수 있었다. 찍히고 싶지 않다면 머리카락 색처럼 대놓고 드러나는 것은 되도록 규정을 지키는 편이 좋았다.

"나 불쌍하지?"

"조금."

"그러니까 싸게 해 주면 안 돼?"

손님이 본론을 꺼냈다. 윤나는 단칼에 거절했다.

"안 돼."

"아, 왜. 조금만 깎아 주라."

손님이 말꼬리를 늘였다. 윤나는 검지를 치켜세우고 좌우로 흔들었다.

"나도 최소한만 받는 거야. 싫으면 가든가. 네가 하면 나만큼 머릿결 유지하면서 색도 예쁘게 뺄 수 있을 것 같아? 얼룩 생기지나 않으면 다행이지."

"알겠어. 예쁘게만 해 줘."

손님이 두 손을 들었다. 윤나는 라텍스 장갑을 끼고 본격적인 작업에 돌입했다. 머리카락을 구역별로 나누고 염색약을 꼼꼼히 발랐다. 샤워 부스는 독한 염색약 냄새가 고이기에 충분할 만큼 좁았다. 금세 물때 냄새와 염색약 냄새가 뒤섞였다. 윤나는 입으로 숨을 쉬었다.

샤워 부스는 객관적으로 염색하기 좋은 공간은 아니었지만 교내 한정으로 이보다 나은 곳도 없었다. 화장실에서 하자니 기웃거리는 구경꾼이 몰렸고, 교실 뒤에서 하자니 정체 모를 고자질쟁이들이 달려가 선생님을 불러왔다. 오랜 물색 끝에 윤나는 3층 강당 옆 샤워실을 발견했다. 학교에 여자 배구부가 있었을 당시 만들어졌다는 곳으로, 지금은 사용하는 사람 없이 방치되고 있었다. 부스 하나를 쓸고 닦고 간이 의자와 선반을 가져다 놓으니 있어야 할 건 얼추 갖춘 작업실이 되었다. 윤나 혼자서 돌리는 염색 공장이었다.

"다 발랐어."

윤나가 손님의 어깨를 쳤다.

"삼십 분 기다렸다가 헹굴게."

"나가서 놀다 와도 돼?"

"이 상태로 나가겠다고?"

"안 될 거 있나? 애들한테 이거 보여 주고 싶은데. 웃기잖아."

"그럼, 시간 잘 맞춰서 와."

손님이 뒤뚱뒤뚱 자리에서 일어났다. 목에 두른 황금빛 보자기 위로 검은 얼룩이 흩뿌려져 있었다. 지난 추석쯤부터 윤나의 집 신발장에 처박혀 있던 보자기였다. 삼십 분 뒤 손님이 돌아오면 윤나는 머리를 감겨 주고 예약금을 뺀 잔금을 받을 것이다.

염색약이 스며 새까매진 라텍스 장갑을 버리고 샤워실을 나섰다. 손님이 걸어간 길을 따라 염색약 냄새가 꼬리처럼 길게 늘어져 있었다. 냄새가 가장 독하게 풍기는 곳으로 고개를 돌리니 역시나 복도 저편에서 친구들과 대화를 나누는 손님의 모습이 보였다.

번쩍이는 황금빛 보자기가 멀리서도 눈에 띄었다. 좀 지나치게 눈에 띄는 것 같았다. 저러다 선생님이라도 마주치면 곤란해지겠는걸, 하고 윤나가 생각하자마자 무리 옆을 지나가던 선생이 걸음을 멈췄다. 손님은 그 시선을 느끼지 못한 듯 친구들과 수다를 떠는 데 열중하고 있었다.

윤나는 바짝 긴장해서 선생의 반응을 관찰했다. 따지고 들면 '학교에서 염색 금지'라는 규정은 없었다. 하지만 새로 생긴 교칙 중에는 '학생답지 못한 행동'을 금한다는 문구가 있었고, 그건 사실상 해석하기에 따라 어디에나 가져다 붙일 수 있는 규정이었다. 만약 저 선생이 교장의 편에 서 있다면, 복도에 염색약을 뚝뚝 흘리고 다니는 황금빛 보자기 소녀는 최적의 먹잇감일 것이 분명했다.

선생은 잠시 그 자리에 서서 무언가를 고민하는 듯하다가 결국에는 고개만 작게 내저으며 걸음을 마저 옮겼다. 윤나는 가슴을 쓸어내렸다.

모든 선생이 교장의 편에 서 있는 건 아니었다. 교무실의 삭막한 분위기는 학생들에게도 전해졌다. 곧이곧대로 믿기는 어려운 내용의 소문이 돌았다. 선생님들끼리 욕하면서 싸웠다더라, 어떤 선생님이 항의하다 왕따가 됐다더라.

그러므로 중요한 것은 얼마나 순응하느냐가 아니었다. 어떤 상황에서 누구를 마주치느냐였다. 운이 좋으면 그냥 넘어가는 거고, 운이 나쁘면 이름이 적히는 거고.

올해 초에 새로 부임한 교장은 학교를 '정상화'하겠다고 선언했다. 그것은 이제까지의 기순고가 정상이 아니었다는 말처럼 들렸다.

— 본 통신문이 배포된 날로부터 (7)일까지를 계도 기간으로 정하고, 기간 내 시정되지 않을 시 하루에 벌점 (2)점씩을 부과한다.

가정 통신문이 뿌려졌을 때까지도 윤나를 포함한 아이들은 그것을 진지하게 받아들이지 않았다. 절차상 하는 소리이겠거니 생각했다. 명시된 계도 기간이 지나도록 학생들의 머리색은 여전히 알록달록했다.

정확히 일주일 뒤, 각 교실로 들이닥친 선생은 아이들을 일렬로 세워 절반 이상의 이름을 적어 갔다. 명단에 이름이 오른 아이들은 차례로 교무실에 불려 갔다. 그제야 아이들은 교장의 말을 진심으로 받아들이기 시작했다.

미용실 예약을 잡기가 힘들다고, 염색할 돈이 없다고, 염색약을 직접 발라 본 적이 없다고, 각종 불평불만이 터져 나왔다. 윤나는 아이들의 불만 속에서 기회의 틈을 발견했다. 가까이 지내던 같은 반 친구들을 불러 염색을 해 주었다. 친구들은 착실한 바람잡이가 되어 전교로 소문을 실어 날랐다.

"윤나가 자원봉사 하는 거야. 남는 거 하나도 없대. 숍 가서 받으려면 비싸잖아. 그렇다고 직접 하기에는 불안하고. 염색약 엄청 독한 거 알지? 대충 발랐다가 문제 생기면 머릿결 상해서 나중에 복구도 못 해. 뿌리부터 다시 자랄 때까지 몇 년은 고생한다니까. 근데 윤나는 진짜 전문가거든. 숍에서 하는 것처럼 해 줘. 네가 염색약 사 갈 필요도 없어. 윤나가 공동 구매로 좋은 거 사서 싸게 해 준대. 우리는 돈만 들고 가면 돼."

물론 소문을 퍼트린 바람잡이들은 윤나에게 한 푼도 내지 않았다.

소문은 순식간에 퍼져 나갔다. 윤나의 SNS에는 새로운 대화 신청이 이어졌다. 배터리가 닳도록 번쩍거리는 핸드폰 액정을 보며 윤나는 히죽 웃었다. 정말이지 남는 장사였다. 초등학생 때부터 친구들의 머리를 만져 주고 다녔던 윤나에게 염색약을 바르는 것쯤은 너무나 쉬운 일이었다.

본격적으로 헤어 디자이너가 되어야겠다고 마음먹은 건 중학생 때였다. 언젠가는 자신만의 가게를 차리는 꿈을 꾸었다. 미용사가 되고 싶다는 이야기를 꺼내자 엄마는 일단 대학에 가라고 했다. 윤나가 지금 고민하는 모든 문제는 좋은 대학에 진학한 뒤 생각해도 늦지 않는다는 것이었다. 하고 싶은 일은 대학에 가서 찾아도 괜찮지만 공부에는 때가 있다며…….

뭐라는 거지? 나는 지금 하고 싶은 일을 찾았다니까? 윤나는 의아한 표정으로 엄마를 보았다. 보아하니 엄마도 잘 모르면서 하는 소리 같았다. 엄마만 믿고 있다가는 아무것도 이루어지지 않을 게 분명했다. 그래서 윤나는 직접 현실적인 길을 찾아 나서기로 했다.

미용 관련 학과가 개설된 대학은 대부분이 2년제 혹은 3년제였다. 윤나는 2년제든 3년제든 4년제든 상관없었지만—오히려 일찍 졸업하면 더 좋은 거 아닌가 싶기도 했다.—엄마는 4년제 대학에 진학하지 못하면 학비를 대 주지 않겠다고 못을 박았다. 몇 개 되지 않는 4년제 대학의 미용학과도 성적보다는 실기를 주로 본다고 적혀 있었다. 그러므로 하루빨리 학원에 등록하세요. 그것만이 유일한 길입니다. 블로그 글의 결론은 그랬다. 미용 학원에서 운영하는 블로그였다.

이야기를 전하자 엄마는 공부하는 데 써도 부족할 시간에 갑자기 웬 미용 학원 타령이냐고 화를 냈다. 저번에도 말했는데 뭐가 갑자기지? 대학에 가래서 대학에 가는 방법을 알아보았을 뿐인데 왜 화를 내지? 윤나는 도통 엄마를 이해할 수 없었다. 자신은 말 잘 듣는 딸이 되려고 했을 뿐이었다.

어쨌거나.

엄마의 반대에도 불구하고 미용 학원에 등록하고 싶다는 윤나의 마음은 꺾이지 않았다. 국가 자격증 취득이라는 구체적인 목표도 생겼다.

그동안 모은 용돈과 이번 염색 대란으로 벌어들인 돈을 합치면 학원에 등록할 수 있었다. 학교 수업은 다섯 시 전에 끝나니까, 평일 일곱 시에 시작하는 반을 등록하면 딱 맞았다.

윤나는 샤워 부스 안 의자에 앉아 핸드폰으로 학원 시간표를 확인했다. 어느새 삼십 분이 지났는지 손님이 돌아왔다. 보자기를 휘날리며 들어오는 모습이 꼭 개선장군 같았다. 윤나는 손님을 의자에 앉히고 고개를 젖히게 했다.

"차가우면 말해."

아무리 돌려도 뜨거운 물이 나오지 않는 샤워기였지만 예의상 말해 두었다. 손님은 눈을 감고 윤나에게 머리를 맡겼다. 물줄기를 가져다 대자 손님의 머리카락에서 검은 물이 쏟아져 내렸다.

"조금 차가운데."

손님의 말에 윤나는 샤워기 노즐을 대충 돌리는 척하고 물었다.

"이제 굿?"

손님은 아리송한 표정으로 고개를 끄덕였다. 윤나는 익숙한 손놀림으로 머리카락을 헹구고 샴푸로 거품을 내어 두피를 마사지했다.

"와, 이거 시원하다."

"마사지는 서비스야."

윤나는 경계심이 완전히 사라진 손님의 얼굴을 확인했다. 이제껏 윤나의 두피 마사지를 받고도 마음의 문을 열지 않은 사람은 없었다. 학교의 온갖 가십이 방심한 손님들의 머릿결을 타고 줄줄 흘러내렸다. 누가 누구랑 사귄대, 누가 누구랑 헤어졌대, 누가 누구 뒤통수를 쳤대.

"너희 반에는 요즘 뭐, 재미있는 일 없어?"

윤나가 운을 띄웠다. 실은 이번 손님이 1반이라는 얘기를 들었을 때부터 묻고 싶었던 게 있었다. 그 애들도 1반이었다.

"재미있는 일? 글쎄……."

손님이 기억을 되짚듯 말끝을 늘였다.

"싸움 얘기 같은 거도 좋고."

"아, 우리 반에 레즈 커플 있는 거 알아?"

손님이 돌연 생각났다는 듯 말했다. 윤나의 아랫입술에 비죽 힘이 들어갔다.

"심재이랑 한현서?"

"맞아. 이름까지 아네? 친해?"

"친하지는 않아. 심재이랑 중학교 같이 나왔어. 걔들은 왜?"

"조만간 헤어질 듯."

손님의 말에 두피를 힘껏 지압하던 윤나의 손가락이 움직임을 멈췄다.

"왜? 싸웠대?"

웃음이 나오려고 했지만 애써 관심 없는 척 둘었다. 드디어 올 것이 왔구나. 그래, 알고 있었어. 일 년 못 채우고 헤어질 줄 알았다고. 너희가 아무리 유난을 떨어 봤자.

"나는 싸우는 장면은 못 봤는데, 분위기 안 좋기는 하더라. 내 친구는 학교 뒤에서 걔네끼리 소리 지르는 것도 봤대."

"뭣 때문에 싸우나. 사이좋게 지내지."

윤나는 마음에도 없는 소리를 했다.

“걔네 말고 다른 레즈랑 게이 커플도 다 헤어지는 분위기래.”

“왜?”

“교장이 뭐라고 했나 봐. 존나 성령으로 충만하신 분이시잖니. 머리카락 색 가지고도 난리 치는 인간이, 학교에 그런 애들 판치는 걸 가만히 보고만 있겠냐?”

윤나가 마른 수건을 펼쳐 손님의 머리카락을 감쌌다. 손님이 젖혔던 고개를 바로 세우며 어깨를 부르르 떨었다.

“광신도는 한심하지만 레즈는 더 질색이야. 사방이 피씨충이라 싫은 걸 싫다고 말도 못 하는 게 제대로 된 학교 꼬라지는 아니지. 그래도 이번에는 뭐가 진짜로 좀 돌아가려나 봐. 기순고 ‘치유’에 자기 목숨을 걸었다고 떠들던데, 어디 한번 두고 보자고.”

손님이 턱 아래로 묶어 둔 고무줄의 매듭을 풀었다. 황금빛 보자기가 크게 펄럭이며 샤워 부스 바닥으로 떨어졌다. 윤나는 그것을 가만히 내려다보았다.

윤나

윤나는 재이를 통해 기순고라는 학교를 알았다. 이름 정도야 전에도 들어 본 적이 있었지만, 어떤 평판의 학교인지는 몰랐다. 시내에서 좀 떨어진 곳에 위치한 남녀 공학이라는 정도로만 알고 있었다.

*

중학교 1학년, 새 학교 새 학기의 긴장감이 아직 교실 전반을 감돌던 시기였던 것 같다. 점심시간에 학생부장이 교실로 들이닥쳤다. 한쪽 손에는 장구채를, 반대쪽 손에는 뽑아 쓰는 클렌징 티슈 한 팩을 들고 있었다.

"지금부터 복장 검사 시작한다. 다 일어나서 의자 책상 위로 올려. 가방도 지퍼 열어서 올려놓고."

학생부장은 열린 가방을 장구채로 구석구석 찔러 보며 책상과 책상 사이를 지나다녔다. 애들의 입술이 붉다 싶으면 입술을 문지르고, 눈가가 짙다 싶으면 눈가를 닦고, 얼굴이 밝다 싶으면 뺨을 비볐다. 그러다 티슈에 흔적이 묻어 나오면 들고 있는 장구채로 교실 뒷문을 가리켰다. 지목당한 애는 화장실에 가서 아무것도 묻어 나오지 않을 때까지 박박 얼굴을 씻고 돌아와 재검사를 받았다.

며칠 전부터 학생부장이 교실을 순회한다는 소문이 퍼져 있던 덕분에 단속에 걸리는 사람은 많지 않았다. 당장 전날 종례 시간에도 담임이 내일은 얌전히 하고 오라고 힌트를 주었다. 그러나 재이는 굴하지 않고 그날도 눈썹을 그린 채 등교했던 것이다.

재이는 학생부장이 가까워질수록 안절부절못하며 손바닥으로 앞머리를 꾹 눌러 가라앉혔다. 고개를 좌우로 두리번거리더니 책상에 뒤집어 얹은 의자 다리를 붙잡고 몸을 비스듬히 기댔다. 윤나의 자리는 재이의 바로 뒷줄이었기에 윤나는 그 모든 광경을 지켜볼 수 있었다.

저렇게 마음 졸일 거면 그냥 그리고 오지를 말지. 왜 빌미를 주고는 걸릴까 봐 쩔쩔매지.

윤나는 은근한 호기심을 품은 채 재이를 지켜보았다. 마침내 학생부장이 재이의 자리까지 다다랐다. 재이는 손으로 앞머리를 눌러 눈썹을 가리고 있었다.

"손 치워."

학생부장이 말했다. 재이는 간절한 눈동자로 학생부장을 올려다보았다. 학생부장은 아랑곳하지 않고 손에 쥔 장구채로 재이의 손등을 찔렀다.

"치우라는데 왜 가만히 있지? 쌤이 치울까?"

재이는 굼뜬 동작으로 손을 내렸다. 하도 누르고 있어서 납작하게 가라앉은 앞머리가 이마에 달라붙어 있었다. 학생부장이 장구채 끝으로 재이의 앞머리를 걷었다. 장구채가 이마에 닿자 재이는 뒤로 물러서며 인상을 찌푸렸다.

학생부장이 웃음을 터트렸다.

"너는 눈썹이 이게 뭐냐? 짱구도 아니고."

학생부장의 쩌렁쩌렁한 목소리가 교실 전체를 울렸다. 교실 한쪽에서 웃음소리가 터져 나왔다. 학생부장은 만족하는 얼굴로 입꼬리를 실룩이며 은근슬쩍 웃음소리가 들려오는 방향으로 시선을 돌렸다.

“잘 그리기나 했으면 몰라. 네 눈에는 이 눈썹이 예뻐 보이냐?”

학생부장이 교실 뒷문을 가리켰다.

“가서 지우고 와.”

재이는 고개를 푹 숙인 채 가만히 있었다.

“얼른.”

장구채가 이번에는 재이의 어깨를 겨냥했다. 재이는 그제야 걸음을 뗐다. 윤나는 복도로 나가는 재이의 뒷모습을 끝까지 응시하면서 이렇게까지 망신을 줄 필요가 있나 생각했다.

윤나는 앞으로 어떤 일이 일어날지 잘 알고 있었다. 오늘부로 재이의 눈썹은 안전하고 쉬운 놀림거리가 될 것이었다. 애들은 반이 바뀔 때까지, 어쩌면 졸업할 때까지 학생부장이 재이를 짓밟은 일을 기억할 테고, 재이를 그렇게 취급해도 괜찮은 애라고 여기겠지. 그것은 학생부장이 애들에게 내려 준 허락이었다.

교실은 그렇게 굴러가기 마련이다. 윤나는 학생부장도 분명 교실의 생태계를 알고 있으리라 확신했다. 모를 수 없었다. 그런데도 학생부장은 상관없다는 듯 재이를 모두의 앞에서 깔아뭉갰다.

재이는 복장 검사가 거의 끝나 갈 즈음이 되어서야 교실로 돌아왔다. 나갈 때와 똑같이 고개를 푹 숙이고 있었다. 턱을 타고 흘러내린 물이 교실 바닥으로 뚝뚝 떨어졌다. 학생부장은 왜 이렇게 오래 걸렸느냐고 재이를 핀잔하는 것을 잊지 않았다.

학생부장이 나간 뒤 교실이 시끄러워졌다. 애들은 각자 빼앗긴 것들과 지우게 된 것들을 이야기하며 학생부장을 욕했다. 윤나는 소란스러운 와중에 홀로 엎드려 있는 재이를 보았다. 처음에는 잠든 줄 알았는데, 어깨가 진동하더니 훌쩍이며 코 먹는 소리가 났다.

윤나는 아무것도 빼앗기지 않았다. 조만간 복장 검사가 있을 거라는 경고를 진지하게 받아들인 덕분이었다. 학생부장이 선크림이나 립밤마저도 색이 들어가 있으면 잡아낸다는 얘기나, 교복 블라우스 안에 입는 나시나 스타킹, 양말의 색까지 관여한다는 얘기도 익히 들어 알고 있었다.

이게 대체 내가 학생인 거랑 무슨 상관이야? 구시렁거리면서도 머리부터 발끝까지 규정에 맞게 준비해 혼나는 일이 없도록 했다. 이 학교에 다니는 이상 규칙을 어겨서 귀찮아지는 건 윤나 자신일 테니까.

그러니까 왜 안 지우고 왔어. 오늘만 참았으면 이런 모욕을 당하는 일도 없었을 텐데. 네가 자초해 놓고서 울기는 왜 울어.

윤나는 재이의 등에서 눈을 뗄 수 없었다.

그래도, 아무리 자초했다고 해도 이런 건 잔인해.

재이의 미련함도 답답하지만 거들먹대던 학생부장의 표정이 더 꼴 보기 싫었다.

윤나는 엎드려 있는 재이의 팔뚝을 두드렸다. 재이가 훌쩍이며 고개를 들었다. 코끝이 빨갛게 부어 있었다. 젖은 앞머리 아래로 듬성듬성 숱이 빠진 맨 눈썹이 보였다. 그 얼굴을 보자 윤나의 가슴속 무언가가 크게 들썩였다.

"야, 그까짓 눈썹. 내가 다시 그려 줄게."

그게 윤나가 재이에게 건넨 첫마디였다.

*

윤나는 3년 내내 재이의 눈썹을 그렸다. 한 올씩 손수 그린 눈썹은 흘깃 보면 타고난 눈썹처럼 보일 만큼 자연스러웠다.

처음에는 제법 오래 걸렸지만 윤나의 손은 하루가 다르게 빨라졌다. 학교에 오자마자 사물함 옆에 무릎 담요로 커튼을 치고 키득거리며 눈썹을 그리는 시간은 등교에서 하교 사이를 통틀어 윤나가 가장 좋아하는 시간이었다. 재이에게도 마찬가지였을지,

윤나는 모른다.

무릎 담요로 만든 커튼 뒤에서 윤나는 재이에 대해 많은 것을 알았고, 스스로의 가장 깊은 곳에 있는 이야기를 누군가에게 솔직하게 털어놓는 법을 배웠다. 윤나가 재이를 자신의 제일 친한 친구 위치로 승격시키기까지는 오랜 시간이 걸리지 않았다.

윤나는 자신과 재이가 평생 함께 있을 것이라고 생각했다. 더 학교에 다니고 싶다는 생각을 진지하게 해 본 적은 없었지만, 재이와 함께라면 캠퍼스를 누비어 보는 것도 나쁘지만은 않을 것 같았다.

"같은 고등학교에 가고 같은 대학교에 다니면서 함께 자취를 하자."

담요 뒤에서 그렇게 손가락을 걸고는 했다.

중학교에서 어울리던 친구들은 거의 시내에 있는 여고에 지원했다. 무리 대부분이 지원하니까 처음에는 윤나도 그렇게 할 생각이었다.

원서 접수 마감을 며칠 앞두고 있던 날, 재이가 선언했다.

"나는 기순고 쓰려고."

"기순고? 시내에서 멀잖아."

"거기가 내신 따기 제일 좋대."

윤나는 최근 들어 재이가 매일 문제집을 들고 다니던 것을 떠올렸다. 재이는 3학년이 된 뒤로 무슨 결심을 했는지 예전과는 달리 성적에 집착하는 중이었다.

"수민이랑 영서는 진서여고 쓴대서 나도 진여 쓰려고 했었는데."

"진여는 내신도 따기 힘들고 분위기 엄청 보수적이래. 너 시내에서 걔네 교복 못 봤어? 난 그런 데서 3년 못 버틸 것 같아. 너도 같이 기순고 쓰자. 기순고는 완전 자유래. 거기는 야자도 없고 선생님들이 복장 가지고 아무 말도 안 한대. 염색이랑 네일아트랑 피어싱이랑 다 해도 된대."

재이가 줄줄이 대는 이유를 윤나는 귀 기울여 듣지 않았다. 어차피 재이와 다른 고등학교에 갈 생각은 없었다.

"기순고를 왜 썼어? 인생 포기한 애들이나 가는 학교 아니야?"

윤나는 재이와 함께 기순고를 1지망으로 적어서 냈다. 주변에서 어떤 반응이 돌아와도 흔들리지 않았다.

기순고에 입학하자마자 반이 갈라졌다. 재이의 말대로 기순고에는 교문 앞에서 사람을 기분 나쁘게 훑어보는 선도부도, 복도에서 두리번거리며 애들 치맛단을 노려보고 다니는 선생님도 없었다. 재이는 아침마다 눈썹을 그려 달라며 윤나를 찾아오는 것을 멈췄다.

윤나는 아이브로펜슬을 챙겨서 직접 재이의 반으로 찾아갔다. 재이는 아침부터 문제집을 펼쳐 놓고 공부하는 중이었다. 윤나를 발견한 재이는 반갑게 손을 흔들었다. 그러나 그게 다였다.

“눈썹 그려 줄게.”

“뭐야, 이제 안 그려 줘도 된다니까.”

굳이 올 필요 없었다는 듯이 웃으며 손을 내젓는 재이는 서툰 짱구 눈썹을 하고 있었다. 마냥 해맑은 재이의 표정에 윤나는 부아가 치밀었다.

쉬는 시간마다 놀자며 찾아가도 재이는 좀처럼 시간을 내 주지 않았다. 공부에 목숨이라도 건 사람처럼 문제집만 붙들고 살았다.

“왜 갑자기 공부에 꽂혀서 이러는데? 너 뭐 서울대 갈 거야?”

윤나가 짜증을 부려도 재이는 민망한 듯 웃음을 터트리기만 했다.

교내 동아리도 서로 다른 곳에 들어가게 되면서 학교에서는 마주칠 일이 아예 없어졌다. 재이는 동아리에서 만났다는 애들과

점심을 먹었다. 윤나도 새 친구를 만들어야 했기에 급식을 먹을 때는 반 친구들 무리에 끼었다.

서운하기는 했지만 재이가 윤나를 싫어하게 된 것은 분명 아니었다. 재이는 여전히 윤나를 좋아했고 같이 시간을 보내기를 원했다. 그쯤은 윤나도 느낄 수 있었다.

하교할 때만큼은 중학교 때처럼 단둘이 시간을 보내며 수다를 떨었다. 윤나는 종일 하교 시간이 다가오기만을 기다렸다.

그날도 윤나는 복도를 어슬렁거리며 재이네 반 수업이 끝나기를 기다리고 있었다. 문이 열리고 아이들이 우르르 교실에서 빠져나왔다. 윤나는 인파 틈에서 금세 재이를 발견했다. 재이의 옆에는 처음 보는 여자애가 있었다. 그 애와 이야기를 나누느라 윤나를 발견하지 못한 눈치였다.

"재이야!"

윤나가 손을 들어 재이를 불렀다. 재이는 활짝 웃으며 윤나에게 다가왔다. 함께 있던 여자애도 자연스럽게 재이를 따랐다.

윤나는 짧은 순간 여자애를 훑어보았다. 화장기 없는 얼굴에 눈썹은 단정하게 정리되어 있었고 아랫입술에서는 은색의 링 피어싱이 반짝였다. 가슴께까지 길러 갈색으로 물들인 머리카락은

뻗친 곳 하나 없이 완벽한 흐름으로 찰랑거렸다.

입술 피어싱이라니 좀 특이하기는 하지만 그 애의 헤어스타일은 마음에 들었고, 머리 관리하는 걸 좋아한다면 그걸 공통점 삼아 대화해 볼 만하겠다는 생각이 들었다. 첫인상 판단을 마친 윤나는 경계 수위를 한 단계 낮추고 표정을 풀었다.

재이가 여자애의 팔을 잡아당겨 윤나의 앞에 세웠다.

"윤나야, 얘는 한현서. 나랑 같은 영화 토론 동아리. 현서야, 얘는 최윤나. 내가 말했던 그 친구."

'내가 말했던 그 친구?'

심재이는 얘랑 있을 때 내 이야기를 했다는 뜻인가. 그런데 나한테는 왜 하지 않았지?

윤나는 현서의 눈동자가 자신을 위아래로 훑어보는 것을 느꼈다. 당하니까 기분이 썩 좋지 않았다. 하교하는 내내 재이는 현서 이야기만 떠들어 댔다. 윤나는 차라리 혼자 집에 가는 게 나았겠다고 생각했다.

윤나에게 현서를 소개한 후로, 재이는 현서 이야기가 아니면 할 얘기가 없는 사람처럼 굴었다.

"현서는 영화 진짜 많이 알아. 시네필? 약간 그런 거임."

시네필이 뭔데?

"현서는 진짜 똑똑해. 나 그렇게 똑똑한 애는 처음 봤어. 누구 앞에서도 기 안 죽고 자기 할 말 다 하고, 진짜 멋진 애 같아."

나도 누구 앞에서 기 안 죽거든.

"현서랑 얘기하다 보면 나도 똑똑해지는 기분이야. 똑똑함도 옮나 봐. 같이 있으면 나까지 특별해지는 느낌이 들어. 신기하지."

안 옮은 거 같은데…….

현서는, 현서는, 현서는.

"왜 자꾸 한현서 얘기만 해. 너 걔랑 사귀냐?"

윤나는 참다못해 쏘아붙였다. 재이가 말도 안 되는 소리라고 펄쩍 뛰면 한바탕 싸우고 풀려고 했다. 하지만 재이는 화를 내지 않았다. 얼굴을 붉히기는 붉혔다. 분노가 아닌 쑥스러움으로 붉어진 얼굴이라는 게 문제였을 뿐.

"티 나?"

재이가 수줍게 양손을 펼쳐 자신의 뺨을 덮었다. 어깨를 좌우로 흔드는 재이를 보면서 윤나는 세상이 아득해지는 것을 느꼈다. 이후 심재이와 한현서가 학년의 공식 커플로 소문나기까지는 오랜 시간이 걸리지 않았다.

*

윤나가 기순고를 1지망으로 썼다는 말에 중학교 친구가 보여준 SNS 게시물이 있었다.

기순고 다니면 레즈 됨 조심해라. 내 친구도 오자마자 레즈 돼서 절고함. 절대 오지 마셈. 레즈 되고 싶으면 오셈. 레즈 양성소 기순고 망해라 제발.

그때는 재이랑 같은 학교에 가겠다는 일념으로 귀담아듣지 않았지만…….

그 말을 믿었어야 했다. 기순고에 가겠다는 재이를 뜯어말렸어야 했다. 남들 다 가는 학교를 1지망으로 썼어야 했다. 진서여고! 그래, 진서여고를 썼으면 이런 일이 없었을 텐데. 재이를 어떻게든 끌고 진서여고에 갔어야 했는데.

반 친구들과 모여 앉아 급식을 먹던 윤나는 급식실 안으로 들어오는 재이 무리를 보았다. 무리의 선두에서 줄을 서던 재이는 난데없이 몸을 돌려 현서에게 귓속말을 했다. 둘은 연신 시시덕거리면서 서로의 머리카락을 귀 뒤로 넘겨 주었다.

윤나는 밥맛이 떨어져 숟가락을 내려놓았다.

"그만 먹어?"

친구가 물었다. 윤나는 휴지로 입술을 문질러 닦았다.

"진짜 입맛 떨어져서 못 먹겠다."

딱딱해질 때까지 반복해서 접은 휴지를 식판 위로 던졌다. 혀를 빼고 헛구역질하는 시늉을 곁들였다.

묘하게 테이블이 고요했다. 윤나는 자신의 앞에서 애들이 대놓고 시선을 교환하는 것을 보았다. 빠른 속도로 깜박이는 눈꺼풀들. 애매하게 웃거나 정색한 채 눈을 굴리는 아이들.

등골이 서늘했다.

"쟤들이 너무 닭살을 떨어서 입맛 떨어진다고. 커플 짜증 나. 나는 솔로인데."

테이블의 분위기가 누그러졌다. 윤나는 마른침을 삼켰다. 자신이 방금 일종의 시험을 간신히 통과했음을 온몸으로 느꼈다. 학교에서의 평판, 친구들의 시선. 여차하면 학교생활이 끔찍해질 뻔했다.

이날의 경험을 기반으로 윤나는 친구들 앞에서 절대 재이나 현서에 관한 이야기를 꺼내지 않았다. 다른 커플 이야기가 나올 때도 끼어들지 않았다. 그렇게 해야 기순고에서 이상한 애 취급을 받지 않을 수 있다는 것을 눈치껏 알았기 때문이다.

주류를 거스르지 않을 것, 최소한 묻어가기라도 할 것. 그것이 윤나가 추구하는 삶의 태도였다.

—미안, 이번 주말에는 약속이 있어서.

함께 하교하자고 하면 핑계를 대고 거절했다. 주말에 놀자는 연락이 오면 한참을 읽지 않다가 일요일 저녁이 되어서야 답장했다. 윤나가 의도적으로 피하고 있다는 사실을 재이가 모를 수 없게끔 했다.

안읽씹과 무성의한 답장이 반복되자 얼마 가지 않아 재이로부터의 연락도 끊겼다. 그건 그거대로 섭섭했다. 고작 이 정도로 끊길 우정이었나? 중학교 시절, 둘의 냉전은 오래가는 일이 없었다. 장문의 메시지를 새벽까지 주고받고는 이튿날 학교에서 누가 먼저랄 것도 없이 끌어안고 울며불며 사과하고는 했었다.

그러나 이번에는 달랐다. 재이는 거리를 두는 윤나를 붙잡으려 하지 않았다. 윤나는 죄다 불만이었다. 재이한테 여자 친구가 생긴 것도 싫었고, 자신에게 소홀해진 것도 싫었고, 미안하다며 숙이고 들어오지 않는 것도 싫었다. 이게 다 기순고에 와서 생긴 문제인 것 같았다.

—너희 집 앞이니까 잠깐 나와.

어느 밤, 재이에게서 메시지가 왔다.

—지금은 좀 그런데.

—마지막으로 줄 거 있으니까 제발 그냥 나와 줄래?

마지막이라는 말은 힘이 셌다. 미적대며 밖으로 나선 윤나의 앞에 퉁퉁 부은 얼굴의 재이가 나타났다. 그날, 학생부장이 재이를 권력 과시의 희생양으로 삼았던 날에 보았던 것과 비슷한 얼굴이었다.

"최윤나, 네가 나한테 이럴 줄은 몰랐어."

재이가 울먹였다.

"너한테 나는 고작 이 정도였어? 이렇게 쉽게 잘라 낼 수 있는 존재야? 설마설마했는데…… 진짜로 네가……."

재이는 문장을 끝맺지 않고 입을 다물었다. 윤나를 쏘아보는 시선이 매서웠다. 재이는 들고 있던 쇼핑백을 던지듯이 떠넘기고 씩씩대며 돌아섰다.

윤나는 멍하니 품에 안긴 쇼핑백을 내려다보다가 고개를 들었다. 재이는 터덜터덜 멀어지는 중이었다. 뛰어가서 잡는다면 잡을 수 있을 것 같았다. 하지만 발걸음이 떨어지지 않았다. 이게 윤나 자신이 사과해야 하는 일인지도 헷갈렸다. 그래서 쫓아가지 않았다.

방으로 돌아와 열어 본 쇼핑백 안에는 윤나가 재이에게 주었던 선물들이 들어 있었다. 생일, 각종 기념일, 아무 날도 아니지만 문득 재이가 생각나서 가져다주었던 선물들. 물건마다 얽힌 기억이 파노라마처럼 머릿속을 스치고 지나갔다.

윤나는 재이가 쇼핑백과 함께 던지고 간 말을 그대로 돌려주고 싶었다.

나야말로, 심재이 네가 나한테 이럴 줄은 몰랐는걸.

재이

엄마의 핸드폰으로 익명의 전화가 걸려 왔다. 댁의 따님이 동성연애를 한다는 걸 알고 계신가요? 재이의 엄마는 대답했다. 저희 딸 여자 친구 현서 말씀이시죠. 무슨 일이신가요? 댁은 누구시고? 상대는 아무 대답이 없었고 이내 전화가 끊겼다.

엄마에게 이 사실을 전해 들은 재이는 곧바로 현서부터 걱정했다. 틀림없이 현서의 집에도 똑같은 전화가 갔을 것이다. 현서의 부모님이 보인 반응은 재이의 부모님과 사뭇 달랐을 터였다.

재이는 자신이 운이 좋은 사람이라는 것을 알고 있었다. 모두가 이런 지지를 받을 수 있는 건 아니라고 했다. 현서는 그 사실을 최근 몇 주 사이 집중적으로 재이의 머릿속에 주입해 왔다.

각자 상담실에 불려 갔다 돌아온 뒤로 재이와 현서는 살벌하게 싸우기 시작했다. 서로에게 가장 상처가 될 말을 정성스레 고르고 골랐다. 재이는 생활 기록부에 무슨 말이 적힐지 무서웠다. 대학에 가는 데 문제가 될까 싶었다. 모두가 '좋은 대학'이라고 부르는 그런 곳에 가고 싶은 꿈이 있었다. 그러면 앞으로의 인생이 조금은 쉬워질 것 같았다. 그 목표를 위해 재이는 나름대로 많은 것을 포기했다. 이제까지도 포기해 왔고, 앞으로도 필요하다면 포기할 작정이었다.

하지만 현서는 그런 재이를 못마땅하게 여겼다. 재이더러 아무것도 잃기 싫어하면서 몸만 사리는 겁쟁이라고 했다.

"부모님이 너를 꽁꽁 싸매고 키워서 조금만 충격을 받아도 금이 가는 유리구슬이 된 거야. 그러니까 고작 선생님의 으름장 다위에 세상이라도 무너진 것처럼 굴지. 너는 사람들이 우리를 어떻게 바라보는지 모르지? 그렇게 남들 비위나 맞추는 인생을 살고 싶어? 좋은 대학? 그런 게 뭐가 중요한데? 야, 저 사람들은 네가 뭘 어떻게 해도 같은 인간으로 안 봐."

"왜 말을 그렇게까지 해."

재이는 정신과 의사라도 되는 것처럼 자신의 반응 하나하나에 의미와 맥락을 부여하려 드는 현서가 피곤했다. 일이 커지는 게 싫으니까 잠시 몸을 사리자는 것뿐인데 그게 그렇게 비합리적인 선택인가 싶었다. 하지만 재이는 목소리를 높이려다가도 관두고 자리를 피해 버렸다. 현서의 말마따나 운이 좋은 자신에게 감히 반박할 자격이나 있을지 의심스러웠기 때문이다.

"학교에서 괴롭힘을 당하는 건 아니지?"

엄마가 걱정스레 물었다.

"애들이랑은 괜찮아요. 기순고에는 원래 그런 애들 없잖아요. 애들도 다 교장이 이상하다고……."

재이는 말을 하다가 멈칫했다.

정말로 없었나?

재이와 현서의 관계를 꼴도 보기 싫어하는 애들이, 교장이 오기 전에는 단 한 명도 없었나.

당연히 아니지. 원래도 있었다. 눈을 흘기는 애들, 이상한 표정을 짓는 애들, 뒤에서 욕을 하는 애들, 종류별로 있었다.

그래도 지금까지는 거슬리는 뒷담화 정도로 치부하고 넘길 수 있었다. 그 애들의 악의가 재이에게 실질적인 해를 입힐 수는 없으리라는 확신이 있었으니까.

그런데 이제는 그 확신이 사라졌다. 얼마 전 복도를 지나치며 들었던 말이 아직도 귓가에 남아 있었다. 현서는 곧바로 발끈해 그 애들에게로 달려들었으나 그 애들은 계속해서 재이와 현서를 조롱했다. 누구도 걔네를 제지하지 않았다. 문제를 제기했을 때, 오히려 상담실로 불려 간 것은 그 애들이 아니라 재이와 현서였다.

"앞으로는 어떻게 될지 모르겠어요."

재이는 솔직하게 말했다.

*

드라마는 며칠간 충분히 찍었다. 학교 애들의 무료함을 달랠 이야깃거리가 되어 주는 것도 이제는 지겨웠다. 재이는 고민 끝에 내린 결론을 목구멍에 걸치고 등교했다.

교실로 향하던 재이는 3층 강당 옆의 샤워실에서 황금빛 보자기를 두른 사람이 나오는 것을 보았다. 황금빛 보자기는 머리에서 검은 물을 흘리며 종종걸음으로 복도를 달려갔다. 뒤이어 샤워실 문이 열리더니 윤나가 모습을 드러냈다. 윤나는 한숨을 푹푹 내쉬면서 신발 밑에 깔린 수건으로 바닥에 떨어진 염색약을 문질러 닦았다. 〈헨젤과 그레텔〉의 과자를 주워 먹는 새처럼 염색약 흔적을 훔쳤다.

재이는 얼마 전 들은 소문을 떠올렸다. 3반 기회주의자 최윤나가 교칙 개정을 틈타 떼부자가 되었다는 것이었다. 재이의 친구들 사이에서 윤나는 교장의 가장 악질적인 부역자로 꼽혔다. 최윤나가 그런 걸 신경 쓸 인물인지는 모르겠지만.

재이가 아는 윤나는 아주 주관적인 사람이었다. 윤나에게 중요한 것은 주위의 시선보다도 자신의 감정이었다. 가까운 친구에게는 남김없이 퍼 주었고 무슨 사건에 휘말려도 앞뒤 볼 것 없이 친구의 편을 들었다. 그랬기에 윤나만이 재이를 웃게 하던 때가 있었다. 당시에는 정말 가슴에 묻어 둔 모든 생각과 감정을 공유했다.

하지만 시간이 지나면서 재이는 윤나가 자신과 같지 않다는 것을 실감했다. 윤나가 툭툭 내뱉는 문장이 재이로 하여금 말을 아끼게 했다.

"이지윤은 왜 이렇게 애들한테 치대? 징그럽게."

어느 날, 재이의 눈썹을 그려 주던 윤나가 말했다. 재이는 입술만 움직여 간신히 웃었다. 그때 재이와 윤나의 교실에는 여자가 같은 여자에게 '치대는 것'을 하대하는 풍조가 만연했다. 좁은 교실에서 아이들은 서로의 말투며 행동을 흡수했다. 그러니 윤나가 특별히 악의를 갖고 한 말은 아니었을 것이다. 주변에서 하는 말을 따라 읊었을 뿐이다. 재이는 그렇게 믿었다. 그렇게 믿고 싶었다.

하지만…….

한 번쯤은 편안해지고 싶었다. 재이도.

듣는 사람이 어떻게 받아들일지 걱정하지 않고 솔직하게 모든 걸 쏟아 내고 싶었다.

윤나는 말을 하면서 재이의 눈치를 보지 않는데, 재이는 매번 윤나의 눈치를 볼 수밖에 없었다. 어디까지가 해도 되는 말이고 어디서부터는 하면 안 되는 말인지를 재고 따지느라 기가 빨렸다. 눈에 보이지 않게 그어진 선을 가늠하는 일은 언제나 어려웠다. 아마 윤나는 존재조차 모르고 있을 선이었다.

재이는 여전히 윤나를 사랑했고 가장 가까운 친구로 여겼지만, 윤나와 함께하는 순간이 편하지만은 않았다.

기순고 다니면 레즈 됨 조심해라. 내 친구도 오자마자 레즈 돼서 절교함. 절대 오지 마셈. 레즈 되고 싶으면 오셈. 레즈 양성소 기순고 망해라 제발.

SNS에서 그런 글을 보았기 때문에 재이는 기순고에 끌렸다. 하지만 윤나에게는 내신을 따기 쉬울 것 같아서 기순고를 골랐다고 둘러댔다. 그 또한 이유였지만 결정적이지는 않았다.

윤나가 선뜻 재이를 따라 기순고를 1지망으로 썼을 때는 감동 이상의 감정을 느꼈다. 어쩌면 윤나도 이미 알고 있을지 모른다는 데까지 행복 회로가 돌아갔다. 윤나는 내가 말하기를 기다리는 것뿐일지도 몰라.

뚜껑을 열어 보니 실상은 달랐다. 윤나가 인식하는 기순고란 그저 '핸드폰을 쓸 수 있고 강제 야자가 없는' 고등학교였다.

그러니까 둘은 전혀 다른 세계를 보고 있었다고, 같이 서 있지만 같은 세상을 보는 건 아니었다고, 재이는 깨달았다.

현서와 재이가 사귄다는 사실을 알자마자 윤나는 재이의 연락을 피하기 시작했다. 윤나를 잃은 재이는 눈이 빠지도록 울었다. 감은 눈꺼풀 너머로 동그랗게 튀어나온 눈알의 굴곡이 생경해질 때까지 울었다.

*

스스로 그렇게 울어 본 적이 있으니까, 재이는 현서 또한 눈이 빠지게 울었다는 사실을 알았다. 그냥 알 수 있었다. 평소보다 동그래진 현서의 얼굴을 보자마자 바로.

"울었어?"

재이가 물었다. 현서는 고개를 저었다.

재이는 현서가 어젯밤 집에서 겪어야 했을 일이, 현서가 결코 하나부터 열까지 이야기해 주지 않는 일이 두려웠다. 그 일이 현서에게 얼마나 영향을 미치고 있을지 자신은 영영 알 수 없을 터였다.

현서는 지금 어떤 생각을 하고 있을까. 얼마나 참고 있을까.

언젠가 현서가 버티지 못하는 순간이 온다면?

"이제 그만하자."

"그래."

"이게 맞는 것 같아."

"알겠다고."

"우리 계속 만나면, 너 울 일만 더 생기겠지……."

"야, 심재이."

현서가 얼굴을 찡그리며 재이의 말을 끊었다.

"착각하지 마. 너 완전 최악이야. 생기부에 안 좋은 소리 적힐까 봐 무서워서 그러는 거면서 멋있는 척하기는. 뭐라고 둘러대봤자 네가 겁쟁이라는 사실은 안 변해."

현서는 자기 할 말만 쏟아 내고 몸을 돌려 성큼성큼 멀어졌다.

뒷머리를 제대로 빗지 않은 듯 부스스했다. 본인이 자랑으로 여기는 길고 곱슬한 머리카락이 하나도 돋보이지 않았다.

재이는 울지도 못하고 현서의 뒷모습을 응시했다. 이것은 어떤 이별인가. 재이는 생각해 보았다. 쪽팔린 이별인가. 분한 이별인가. 서러운 이별인가. 무엇이 되었든 재이로서는 처음 겪는 일이었다. 재이는 앞으로 한동안은 꿈마다 현서가 등장하리라는 사실을 직감했다.

2부 소환

윤나

윤나는 도서관 서가 사이에 심각한 표정으로 쭈그리고 앉아 있었다. 『일주일 만에 전 과목 노 베이스에서 1등급 만들기』 같은 제목을 간절히 찾는 중이었다. 하지만 그런 게 있을 리 없지.

남은 기간은 일주일. 상식적인 방법으로는 도저히 불가능했다.

"역시 답은 그것뿐이야."

커닝.

부정행위가 어쩌고 하는 소리는 고려 대상이 아니었다. 양심의 삼각형 따위 뱅뱅 돌다가 어느덧 예쁜 동그라미가 되어 버린 지 오래다.

하지만 커닝한다고 해도 뭘 어떻게? 그것도 요령이 필요한 기술일 터였다. 커닝으로 노선을 튼 윤나는 이번에는 『일주일 만에 커닝 마스터하기』 같은 제목을 찾아 헤맸다. 그러나 그런 책도 있을 리 없었다.

좌절하는 윤나의 눈에 서가 가장 끄트머리의 책 한 권이 보였다. 윤나는 엉금엉금 오리걸음으로 걸어가 책을 꺼냈다. 그토록 찾던 '일주일 만에'라는 문구가 표지에 커다랗게 인쇄되어 있었다. 다만 숙달코자 하는 종목이 공부나 커닝이 아닐 뿐이었다.

윤나는 서가에서 꺼낸 책의 표지를 응시했다.

『기초부터 배우는 강령술—하루 10분 투자로 일주일 만에 죽은 자 소환 완전 정복』

일주일 완성 속성 강령술.

학교에서 자살했다는 전교 1등.

두 키워드가 조합되는 순간, 오래전 사촌 언니네 집에서 보았던 만화책의 표지가 번개처럼 머릿속을 스치고 지나갔다.

고스트 바둑왕.

[문제] 다음 중 일주일 안에 마스터가 가능한 것은? (3점)

① 공부

② 커닝

③ 강령술

답) ③ 강령술

물질적인 커닝이 무리라면 영적인 커닝으로 가자.

*

불과 하루 전, 윤나는 재이와 현서의 결별 소식에 아낌없는 박수를 보내고 있었다.

이게 맞지. 이게 학교지. 진짜 최고의 교장. 와! 사악한 레즈비언들을 물리치셨다.

"진짜 교장 쌤 실행력 최고인 것 같아."

거침없는 행보 하나하나에 윤나는 전율했고 교장의 제일가는 지지자를 자처했다.

종례가 끝나기를 기다리는 엉덩이가 들썩거렸다. 방과 후에 미용 학원 상담을 예약해 두었다. 담임이 무슨 말을 하는지 귀에 들어오지도 않았다.

윤나는 책상 위에 올려 둔 가방에 고개를 파묻었다. 바삭한 천 냄새를 맡으며 발을 굴렀다.

“다음 주부터 야자 부활이다. 2학년이랑 3학년은 열한 시까지. 기존에 다니던 학원이나 과외 있는 애들은 날짜 명시된 수강증 가져오고, 새로 학원 등록하고 싶은 애들은 부모님이랑 통화해야 해.”

야자 부활? 그게 무슨 소리지.

윤나가 가방에 묻고 있던 얼굴을 들어 정면을 보았다. 사방에서 들려오는 아이들의 야유 소리에 제대로 생각을 하기가 어려웠다. 잠깐만, 기다려 봐. 뭐가 어떻게 된다는 거야.

윤나는 야자 부활이 뜻하는 바가 무엇인지 곰곰이 생각했다. 이내 상황을 파악한 손발이 사시나무처럼 떨렸다.

학생의 권리를 침해하는 사악한 교장…….

“전원 필참이에요?”

“당연히 필참이지.”

“집에 가서 공부하면 안 돼요? 학교 무섭단 말이에요.”

“다 같이 앉아서 공부하는데 뭐가 무서워?”

"밤 되면 귀신 나온대요! 쌤 들어 본 적 없어요?"

"세상에 귀신이 어디 있냐?"

"우리 학교 도서관에서 자살한 전교 1등 귀신이라는데요."

"자살은 무슨 자살이야. 공부하기 싫으니까 말을 막 만들어 내네. 너희 다른 학교 애들한테 물어봐. 그동안 우리 지역에서 야자 없는 학교 우리밖에 없었어."

"추영고 애들은 야자 선택이라는데요!"

"그럼 추영고로 전학을 가든지. 절이 싫으면 중이 떠나라고."

아이들은 입을 다물며 눈만 굴렸다. 담임이 만족스러운 얼굴로 교탁을 짚었다.

"그렇게 야자가 하기 싫냐?"

"당연하죠."

"하고 싶어 하는 사람이 어디 있어요?"

"그럼 이건 어때? 다음 주 모의고사에서 올 1등급 맞는 사람은 선생님이 책임지고 야자 빼 줄게. 교장 선생님이 뭐라고 해도 선생님이 실드 다 쳐 준다."

"전 과목 1등급이요?"

"올 1등급만이다. 한 과목이라도 2등급 이하면 해당 없어."

"그런 게 어딨어요! 차별 아니에요?"

아이들이 격앙된 목소리로 외쳤다.

"올 1등급 맞는 사람은 스스로 공부할 줄 안다는 뜻이니까 걱정이 안 되지. 그런 애들은 혼자 둬도 딴짓 안 해. 나머지는 집에 보내면 공부 안 할 게 뻔하니까 붙잡아 놓고라도 시키는 게 맞는 거고. 학교도 오죽했으면 이렇게까지 하겠냐? 너희 지금 모의고사 성적을 봐. 진짜 심각하다는 생각 안 드니?"

그 뒤로도 아이들과 담임의 언쟁이 이어졌지만 윤나는 귀담아듣지 않았다. 올 1등급. 그 단어만이 윤나의 귓가를 맴돌았다.

윤나는 예약해 두었던 미용 학원 상담을 취소하고 곧바로 귀가해 문제집을 펼쳤다. 그래! 해 보자. 못 할 게 뭐야. 하면 한다. 의지의 한국인. 최윤나, 네가 공부를 안 해서 그래. 일단 시작하면 잘한다고. 근거: 우리 아빠 외 친척 어르신 3인이 그렇게 말했음. 하루에 스무 시간씩 공부하면 돼. 오늘부터 4시간만 자는 거야.

가 보자고!

결의를 다지며 샤프를 움켜쥔 윤나는 잠시 뒤 자신의 코 고는 소리에 놀라 잠에서 깼다. 주위를 두리번거리며 입가를 문질렀다. 얼굴과 맞닿은 문제집 페이지가 침에 젖어 우글쭈글해져 있었다.

*

윤나는 문제집 대신 강령술 책에서 시키는 대로 일주일간 수련에 정진했다. 현실적으로 어려워 보이는 건 나름의 대체재를 찾았다. 계곡에서 폭포수를 맞으라길래 샤워기 밑에서 가부좌를 틀고 명상했다. 모래주머니를 차고 산을 오르라길래 운동화 안에 모래를 집어넣고 학교 뒷산을 질주했다.

똑같이 흰 가루니까 소금 없으면 베이킹 소다 써도 되잖아?

(아닌가?)

고난의 정도는 윤나가 판단하기에 책에 나와 있는 것브다 더한 것 같았다. 포기하고 싶어질 때면 미용 학원에 등록하자마자 에이스로 추앙받는 자신의 모습을 그렸다. 그 모습을 상상하면 죽이 되든 밥이 되든 끝까지 가 봐야겠다는 마음이 생겼다.

그렇게 수련의 마지막 날이 찾아왔다.

새벽의 옥상은 추웠다. 윤나는 팔을 쭉 뻗어 종이를 멀찌감치 들고 반대쪽 손에 쥔 라이터를 딸깍였다. 손이 얼어서 라이터가 잘 켜지지 않았다.

여러 차례 시도한 끝에 간신히 조그마한 불꽃을 피우는 데 성공했다. 종이 가까이 라이터를 가져갔다. 작게 너울거리던 불꽃이 순식간에 종이로 옮겨붙으며 몸집을 키웠다. 까맣게 녹기 시작한 종이가 가장 아래에서부터 우그러들었다.

종이에서 떨어져 나온 재 가루가 눈처럼 하늘하늘 윤나의 발치에 내려앉았다.

“전교 1등님. 죄송한데 후배 좀 도와주시면 안 될까요? 저 진짜 급해요.”

윤나가 한 뼘 남은 종이를 응시하며 속삭였다. 순간 폭발하듯 불꽃이 번쩍였다. 윤나는 놀라서 종이를 내던지고 질끈 눈을 감았다. 닫힌 눈꺼풀 안으로 번쩍대는 빛의 잔상이 연신 터졌다.

눈을 비비자 깜깜한 옥상 풍경이 보였다. 불씨는 완전히 꺼진 뒤였다. 파르스름한 비상구 불빛만이 옥상의 윤곽을 비추었다. 그새 바람이 불었는지 발치의 종이재는 어디에도 없었다. 바닥에 신발을 부딪쳐 털었다.

집으로 돌아와 모의고사 문제집을 펼쳐 놓고 앉았다. 뭐 어쩌라는 건지도 모르겠는 문제를 노려보며 귓가에 답을 알려 주는 속삭임이 내려오기를 기다렸다. 각막이 뻑뻑해질 때까지 문제집과 눈싸움을 했지만 아무 목소리도 들려오지 않았다. 대신 사이렌 같은 이명이 왼쪽 관자놀이에서 오른쪽 관자놀이를 후비고 지나갔다.

윤나는 문제집에 얼굴을 기대고 엎드렸다. 기분이 가라앉았다.

"괜히 귀찮다고 계곡에 안 가서 그런가. 갔다 올걸. 버스 타고 삼십 분이면 가는데."

윤나는 원인이 뭘까 고민하며 눈을 감았다.

다시 눈을 떴을 때, 그곳에는 처음 보는 여자의 얼굴이 있었다.

"으악!"

윤나는 비명을 지르며 몸을 뒤로 뺐다.

*

"저기 죄송한데 20년 전에 죽은 기순고 전교 1등 맞으세요?"

겨우 진정한 윤나는 귀신의 신원부터 확인했다. 만약 전교 1등이 아니시라면……. 먼 길 행차해 주셨는데 죄송하지만 그만 돌아가 주시겠어요?

다행히 그런 머쓱한 상황은 발생하지 않았다. 귀신이 말하길, 자신의 이름은 백순지. 20년 전 죽은 전교 1등이라고 했다.

첫 시도였는데도 제대로 불러냈잖아? 윤나는 속으로 환호했다. 나 강령술에 재능이 있나 봐.

"순지 언니라고 불러."

윤나는 자신보다 20년 일찍 태어났다는 사람을 언니라고 부르는 것이 적절한지 잠시 고민했지만, 그러라니까 그러기로 했다. 어쨌든 생김새는 영락없는 윤나 또래였다.

순지는 인터넷에서나 보았던 머리 스타일을 하고 위아래로 보라색인 체육복을 입고 있었다. 차림새가 촌스럽다고 생각하던 윤나는 체육복 가슴팍에 붙어 있는 기순고등학교 문양을 보았다. 옛날에는 체육복 색이 이랬었다고? 늦게 태어나서 다행이다. 나는 저거 절대 못 입어.

"언니는 기순고 지박령이야. 학교에서 죽었고, 학교에 붙박였지. 20년 동안 기순고가 변하는 걸 다 지켜봤어. 네가 뭐 하는 애인지도 알아. 샤워실에서 애들 머리 염색해 주는 애잖아."

"잘 알고 계시네요."

"사람들은 혼자 있을 때 솔직해지지. 주위에 듣는 귀가 있을 거라고는 상상도 못 하고."

순지가 싱글싱글 웃었다. 이쯤 되자 윤나는 이 귀신이 자신에 대해 어디까지 알고 있나 조금 무서워졌다. 학교에서 아무도 없는 줄 알고 이상한 짓을 했던 적이 있었나 기억을 되짚어 보았다. 순지가 호탕하게 웃음을 터트렸다.

"왜 그런 표정이야. 내가 너 협박하려고 온 것도 아닌데. 부탁

들어주려고 온 거야."

"제가 언니를 왜 불렀는지 아세요?"

"모의고사 대신 쳐 달라고 부른 거잖아. 심심했는데 잘됐지. 나한테는 어려운 일도 아닌걸."

윤나는 얼떨떨해졌다. 웬일인지 일이 윤나의 바람대로 쉽게 풀려나가고 있었다.

"최신 문제도 풀 수 있어요? 20년 동안 출제 경향이 많이 바뀌었을 텐데."

"네가 간절하다고 불러 놓고 나 테스트하겠다는 거니?"

"아니, 확인할 건 확인하고 넘어가야 하니까."

"기가 찬다 진짜. 요즘 애들은 하여튼. 문제 수준이 어떤데?"

순지가 책상 쪽으로 다가와 활짝 펼쳐진 문제집을 들여다보았다. 윤나는 반대쪽으로 멀어졌다.

"이 정도는 쉽지. 이리 와 봐."

순지가 손을 까딱였다. 윤나는 순지가 자신을 부르는 의도를 파악하지 못해 가만히 있었다.

"의자 가지고 가까이 와. 나는 볼펜도 못 쥐는데, 이 몸으로 문제를 어떻게 푸니? 네 손 좀 빌리자."

"제 손을요?"

"무서운 거 아니니까 겁먹을 필요는 없어. 처음에 문만 한 번 열어 주면 돼."

순지의 얼굴이 훅 가까이 다가왔다. 윤나는 당황해서 순지를 밀어내려고 손을 뻗었다. 윤나의 손이 맥없이 순지의 어깨를 통과해 지나갔다. 서늘한 감각이 전신을 휩쓸었다. 윤나는 눈을 감았다. 눈꺼풀을 닫았는데도 어떤 장면이 보였다.

윤나는 어둠 한가운데에 덩그러니 놓여 있었다. 정수리 끝까지 물속에 잠긴 듯 감각이 둔했다. 문득 밑을 내려다보니 자신이 무언가를 움켜쥐고 있었다. 조종간처럼 생긴 물건이었다.

윤나는 화들짝 놀라 조종간을 잡고 있던 손을 놓았다. 똑똑 노크하는 소리가 들렸다. 상하좌우 어디에서 나는 소리인지 알 수 없었다. 바짝 경계하는 윤나의 등 뒤로 다시 노크 소리가 울렸다.

윤나가 뒤를 돌아보았다. 그곳에는 아무것도 없었다. 하지만 윤나는 '없음' 너머에 순지가 '있음'을 느꼈다.

순지의 목소리가 들렸다.

"문 열어 줘, 윤나야."

윤나는 홀린 듯 손을 뻗었다.

순지는 윤나의 몸으로 펜을 쥐고 문제를 풀기 시작했다. 그동안 윤나는 자동차의 뒷좌석에 탑승한 불청객처럼 멀뚱히 순지가 하는 일을 지켜보았다.

점차 신이 났다. 하지만 몸을 빼앗긴 윤나로서는 신이 날 이유가 없었다. 윤나는 그것이 자신의 감정이 아님을 알았다. 순지가 느끼는 기분이 윤나에게 흘러 들어오고 있었다.

"이 정도는 쉽다고 했지? 금방 푼다고."

순지가 윤나의 입을 빌려 으스댔다. 진짜네요. 언니 똑똑하다는 거 거짓말 아니었네요. 윤나는 대답하려 했지만, 할 수 없었다. 목소리가 나오지 않았다. 다시 목소리를 내려고 시도한 순간, 구역감이 밀려왔다. 입안에 신물이 올라오는 기분이 들었다. 이게 무슨 말이냐면 감각이 느껴진다는 것이었다.

빼앗겼던 감각이 돌아오고 있었다. 윤나는 자신의 안에서 순지가 빨려 나가듯 사라지는 것을 느꼈다.

눈을 뜨자 문제집이 보였다. 종이 위로 순지가 풀어놓은 공식이 빼곡했다. 윤나는 주먹을 쥐었다 펴기를 반복하며 되찾은 몸을 실감했다.

"으, 멀미."

윤나는 고개를 돌렸다. 순지가 침대 위에 앉아 손을 털고 있었다.

“오래 유지하기는 힘드네. 아껴 뒀다가 필요할 때만 빌려야겠어. 눈으로 봐서 풀 수 있는 문제는 최대한 그냥 풀고, 꼭 손을 써야 하는 문제일 때만 잠깐씩 들어가는 걸로 하자.”

윤나가 뭐라 대꾸하기도 전에 순지는 문제집을 가리켰다.

“채점해 봐. 다 맞았을 거야.”

윤나는 답안지를 펼치고 순지가 푼 문제들을 채점했다. 오답은 하나도 없었다.

현서,
윤나,
순지

모의고사 결과에 학교가 들썩거렸다. 난데없이 최윤나가 전 과목 1등급을 맞았다는 이야기 때문이었다. 원래 전교권이던 애들은 "최윤나가 누군데?" 했고, 윤나를 알던 애들은 "그 최윤나가?" 했다.

현서가 보인 반응은 "그 최윤나가?" 쪽에 가까웠다.

한때는 심재이의 친구였던 애. 재이가 커밍아웃하자마자 학을 떼고 멀어진 이기적인 년.

현서는 탈진할 것처럼 울던 재이의 모습을 기억했다. 우는 여자 친구 옆에서 현서가 할 수 있는 일은 많지 않았다. 현서는 무력감이 싫었고, 그걸 느끼게 만들었던 윤나가 싫었다.

재이는 윤나를 공부에는 관심 없는 애라고 설명하고는 했었다. 그런데 최윤나가 갑자기 전 과목 1등급을 맞았다니. 무슨 속임수를 쓴 거지. 문제라도 유출됐나?

복도를 지나던 현서는 정수기 앞에 몰린 인파를 보았다. 애들이 윤나를 둘러싼 채 질문을 퍼붓고 있었다.

"솔직히 말해 봐, 어떻게 한 거야. 학원 새로 다녀? 아니면 과외?"

"난 공부하는 데 돈 안 써."

"그럼, 뭔데. 너 원래 똑똑했어? 그동안은 힘을 숨기고 있던 거야?"

"나는 그대로야. 달라진 거 없어."

윤나는 마치 부처와 같이 자애로운 미소를 지으며 고개를 저었다.

"이번 시험을 치르면서 내가 깨달은 게 있다면, 그건 바로 세상만사가 정신 컨트롤에 달려 있다는 거야. 차분하게 문제를 해결할 돌파구를 찾는 거지. 너희도 폭포수 밑에서 명상이나 한 번 해 보는 건 어때? 내가 해 봤는데, 마음 수양에 좋더라."

애들은 최윤나가 이상한 소리를 한다며 웅성거렸다. 재는 뭐 어디 컬트에 가입했나? 현서는 속으로 혀를 찼다.

그때 현서와 윤나의 눈이 마주쳤다. 현서는 보란 듯이 한심하다는 표정을 지으며 고개를 가로저었다. 하지만 윤나는 표정 변화가 없었다. 현서는 왠지 모를 섬찟함을 느꼈다. 그냥 가자. 현서가 걸음을 옮기려는 순간, 윤나가 고개를 푹 숙이더니 몸을 작게 떨었다.

다시 고개를 치켜들었을 때는 눈빛이 달라져 있었다.

살아 있는 사람의 눈빛이 아닌 것 같다고 현서는 생각했다.

"현서야!"

우렁찬 목소리에 복도에 있던 모두의 시선이 쏠렸다. 윤나가 인파를 헤치고 손을 흔들며 다가왔다. 현서는 당황해 뒷걸음질을 쳤다.

"나, 너랑 같이 동아리 활동하고 싶어. 영화 토론 동아리 들어가려면 어떻게 해?"

"최윤나 네가? 우리 동아리에?"

윤나가 발랄하게 고개를 끄덕였다.

"무슨 생각이야. 너 사주받았냐?"

현서가 날카롭게 물었다. 윤나는 재이와 현서의 결별 소식을 들었을 것이다. 영화 토론 동아리의 상황도 알고 있을지 몰랐다.

"아니야, 나 영화 좋아해서 전부터 들어가고 싶었어."

"네가 영화를 좋아한다고?"

"엄청나게."

현서는 윤나를 훑어보았다. 정말 순수한 의도일까? 그렇게 믿어지지 않았다. 망해 가는 동아리에 들어와서 분탕이라도 치려는 속셈인가. 근데 사람이 있어야 분탕을 치든 말든 하지. 지금은 동아리의 존속부터가 위태로운데.

"제일 좋아하는 영화가 뭔데?"

고민하던 현서가 물었다. 찰나의 망설임도 없는 대답이 돌아왔다.

"여고 괴담 투!"

의미심장한 선택이었다.

"선생님한테 얘기해 둘게. 다음 시간부터 와."

좋다며 방방 뛰던 윤나가 갑자기 고개를 푹 숙였다. 어깨가 아까처럼 부르르 떨렸다.

"최윤나?"

현서가 윤나를 불렀다. 윤나가 번쩍 고개를 들었다. 현서는 사색이 된 표정과 또다시 달라진 눈빛을 보았다.

윤나는 뒤도 돌아보지 않고 계단 방향으로 달려갔다. 그 광경을 지켜보던 애들은 일제히 수군거렸다. 최윤나 갑자기 왜 저래? 뭐에 씌었나?

*

윤나는 도서관까지 질주했다. 자신의 몸에서 튕겨 나온 순지를 어깨에 얹은 채였다. 도서관에 아무도 없다는 걸 확인하고 소리쳤다.

"언니 미쳤어요! 방금 뭐예요?"

순지는 윤나의 말을 무시하고 다이빙하듯 천장에서 바닥까지 단숨에 뛰어내렸다. 이내 도로 솟구쳐 윤나의 머리 위를 날아다녔다. 윤나는 이쯤에서 이 귀신을 자신의 인생에 들인 것이 커다란 실수임을 인정해야 했다.

"약속이랑 다르잖아요! 공부에 필요할 때만 들어오겠다고 했잖아요. 방금은 공부랑 아무 상관 없었는데!"

"어쩔 수 없었어. 해야 할 일은 해야지."

순지는 태연하게 허공에 엎드려 양손으로 턱을 받쳤다.

"그 동아리 들어가는 게 왜 언니가 해야 하는 일이에요?"

"처음부터 그러려고 너한테 붙은 거니까."

순지의 당당한 태도에 윤나는 순간 말을 잃었다.

"언니 걔 좋아하기라도 해요?"

순지는 대답 대신 볼을 붉혔다. 귀신 주제에 왜 혈색이 도는

지? 편두통이 밀려들었다. 윤나는 손가락 마디로 관자놀이를 눌렀다. 같은 질문에 같은 반응을 보이던 심재이의 모습이 떠올랐다. 한현서는 진정 마성의 여자인가. 대체 걔가 뭐라고.

“이럴 거면 돌아가요. 이제 모의고사 성적표도 받았으니까 언니 필요 없어요.”

윤나가 도서관 창문 밖을 삿대질했다. 순지는 이상한 말을 들었다는 듯 눈을 깜박였다.

“뭐 해요? 가라니까요.”

“윤나야, 너 뭔가 착각하는 것 같은데. 부를 때는 마음대로 불렀겠지만, 보낼 때는 마음대로 못 보내.”

윤나가 멍한 표정을 지었다. 순지가 키득거렸다.

“이제 좀 실감이 나? 너 완전 귀신 붙은 거야.”

*

20년 만에 세상과의 소통을 재개한 귀신 순지는 곤란했다. 고생해서 찾은 숙주가 문자 그대로 바닥에 드러누워 버렸기 때문이었다.

“아, 안 해. 안 해. 저리 가.”

윤나는 방바닥에 대자로 뻗은 채 손을 휘휘 내저었다.

"내가 당하고만 있을 사람처럼 보여요? 빙의 몇 번 했다고 자기 마음대로 할 수 있을 것 같아? 어차피 삼십 분 이상 조종도 못 하면서."

그 상태로 윤나는 꿈쩍하지 않았다.

"알겠어. 일단 일어나 봐."

순지가 윤나의 옆에 쭈그려 앉았다. 윤나는 순지의 얼굴조차 보기 싫다는 듯 눈을 질끈 감고 고개를 돌렸다.

"윤나야."

순지의 부름에도 윤나는 대답하지 않았다.

"윤나야?"

"저리 가요."

"합의하자. 이대로는 너한테도 나한테도 좋을 게 없겠다."

"합의는 무슨 합의."

"서로한테 이득이 되는 방향으로 이야기를 해 보자고. 우리 둘 다 원하는 걸 얻을 수 있도록."

순지가 달래는 투로 말했다. 윤나는 그제야 한쪽 눈을 게슴츠레 떴다.

"앞으로도 계속 대리 시험 쳐 줄게. 대신 영화 토론 동아리에 들어가는 조건이야. 가끔 네 몸 빌려서 현서랑 얘기도 할 수 있게 해 줘."

"싫다면요?"

윤나가 부루퉁한 얼굴로 대꾸했다.

"오늘처럼 너만 쪽팔려지는 거지. 꿈자리도 사나워질 거야. 내가 밤마다 네 머리맡에 앉아 있을 거거든."

"그런 것도 할 수 있어요?"

"실험해 볼래? 가위눌려 본 적 있니?"

"아, 하지 마요. 하지 말라고 했어요."

윤나가 질색하며 몸을 일으켰다.

"내 말대로 하면 윈윈이잖아? 부탁만 들어주면 오늘처럼 허락 없이 빙의하는 일은 없을 거야. 약속할게."

순지가 말했다.

"걔가 대체 뭐길래."

윤나는 체념한 얼굴로 한숨을 내쉬었다.

순지는 옅게 미소 지을 뿐 대답하지 않았다.

윤나

"왔다, 왔다."

순지가 난리를 쳐서 윤나는 뒤를 돌아보았다. 현서가 교실 뒷문을 닫고 있었다.

현서는 휑한 교실을 훑어보다 윤나와 눈이 다주치자 작게 눈썹을 들어 아는 척을 했다. 윤나는 고개를 돌려 무시했다.

현서는 윤나의 대각선 뒷자리에 앉았다. 빈자리가 널려 있는데 왜 굳이 여기 앉는담. 윤나는 의자를 당겨 조금이나마 현서로부터 멀어졌다.

쉬는 시간의 끝이 가까워져 가는데, 교실에는 여전히 두 사람뿐이었다.

"다른 애들은 언제 와?"

윤나가 물었다.

"오늘은 너랑 나밖에 없어."

현서가 대답했다.

"너희 동아리에 사람 많았잖아."

"요즘은 잘 안 나와. 애들 다 신상 털려서."

"신상이 왜 털려?"

"저번에 교장 연설 기억 안 나? 월요일 조회 때."

현서가 윤나를 흘겨보았다.

윤나는 기억나는 게 없었다. 아마 조느라 처음부터 안 듣고 있었거나, 들었더라도 그 자리에서 잊어버렸을 것이다. 교장의 연설 같은 걸 진지하게 듣는 애들이 있다고? 그게 더 놀랍다.

"우리 교장한테 찍혔잖아. 가족 해체하고 동성애 조장하는 영화 좀 틀지 말래. 공격해도 된다는 허락 떨어진 거지."

현서가 덤덤하게 말했다.

그런 일이 있었던가. 교장의 입에서 나올 만한 소리이기는 했다.

"그럼 나는 왜 오라고 했어? 나는 신상 털려도 돼?"

"뭐래. 내가 오랬냐? 네가 들어오고 싶다며."

"이런 상황인 줄은 몰랐다고."

"너랑은 안 친하니까 알아서 하겠거니 했지."

윤나는 어이가 없다는 표정으로 현서를 보았다. 현서가 가방에서 무언가를 꺼냈다.

"이거나 받아."

매점에서 파는 과자였다. 윤나가 받지 않자 현서는 과자 봉지를 흔들며 재촉했다.

"너 주려고 사 온 거니까 받아. 이거 좋아하잖아."

"어떻게 알았어?"

"예전에 심재이가 말했었어. 나 네 취향 꽤 많이 알아. 심재이 때문에."

"이걸 왜 주는데?"

"와 준 거 고마워서."

현서가 말했다.

"너 아니었으면 최소 인원 못 맞춰서 동아리 없어질 뻔했거든. 타이밍 좋았지."

"최소 인원이 몇 명인데?"

"다섯 명."

"우리 지금 두 명이잖아. 내가 들어온다고 해서 뭐가 달라져?"

"이름만 올려놓고 있는 애들도 있어. 근데 자기 이름 빼 달라는 애가 한 명 더 생겨서."

현서가 과자 봉지를 뜯었다. 매운 새우깡 냄새가 진동했다. 현서가 봉지의 뜯어진 부분을 윤나 쪽으로 기울였다. 윤나는 새우깡을 몇 개 꺼내 손바닥에 올렸다.

"어떤 쌤이 몰래 말해 줬는데, 인원 미달로 한번 없어지면 나중에 다시 만들고 싶어도 허가가 안 떨어질 가능성이 크대. 대신 최소 인원만 유지되면 학교에서도 마음대로 못 없앤대. 그러니까 이 상태로 버텨야 해."

"왜 그렇게까지 이 동아리를 살려 두려고 하는데?"

"너는 매주 여기에서 어떤 대화들이 오갔는지 모르지."

현서가 말했다. 그런 건 생각해 본 적도 없었고, 지금도 그다지 궁금하지 않았다. 윤나는 어깨를 으쓱했다.

"이 미친 짓이 다 끝난 다음에 애들이 다시 동아리를 찾는다고 생각해 봐. 그런데 막상 모일 곳이 사라지고 없으면 얼마나 슬프겠어? 놓친 다음에 후회해 봐야 늦어."

영화가 시작되었다. 어둑해진 교실에서 윤나는 힐끔 현서를 돌아보았다. 현서의 시야에서는 윤나가 보일 수밖에 없는 각도였다. 그런데도 현서는 윤나의 시선을 모르는 척 묵묵히 스크린만 응시했다. 턱을 괴느라 기울어진 고개를 따라 머리카락이 반대쪽으로 흘러내려 있었다.

재이가 현서를 소개하던 날, 윤나는 현서의 잘 관리된 머릿결을 보고 감탄했었다. 그때 현서의 머리카락은 길고 반짝이는 데다 좋은 향기를 풍겼다. 그런데 지금은 전과 같지 않았다. 윤기를 잃어 푸석해 보였고 층이 이상하게 진 듯 어색했다. 심지어는 머리카락 안쪽이 텅 빈 것 같아 보이기까지 했다.

윤나는 현서의 목덜미를 빤히 응시했다. 현서는 스크린에 시선을 고정한 채 손을 움직여 흘러내린 머리카락을 제자리로 돌려놓았다.

*

윤나는 SNS에 기순고 영화 토론 동아리를 검색했다. 프로필 사진조차 없는 익명의 계정이 하나 검색되었다.

기순고꼴페미박제계정

영화 토론 동아리 회원들의 이름, 학년과 반 번호, 얼굴 사진, 핸드폰 번호, SNS 아이디. 어떤 아이의 이름 옆에는 집 주소와 부모의 직업까지 기재되어 있었다.

윤나는 현서의 얼굴이 선명하게 찍힌 게시물을 눌러 보았다. 현서의 사진 밑으로 수두룩하게 달린 댓글을 조금 내려 보다가 핸드폰을 뒤집었다.

정규 수업이 끝났다. 야자 면제권이 있는 윤나는 귀가할 시간이었다. 하지만 윤나는 일어나지 않고 교실에 남아 있었다. 현서의 머리카락 아래 덮여 있는 무언가, 현서가 시선을 피하며 감추었던 그것. 윤나가 미처 볼 수 없던 무언가가 발목을 붙잡았다. 윤나는 생각에 잠긴 채 야자가 끝나기를 기다렸다. 감독을 서던 담임이 너는 야자를 빼겠다고 그 난리를 치더니 왜 이러고 있느냐고 핀잔했다.

"남아 있을 거면 공부를 하든가. 왜 가만히 있어? 다른 애들이 보잖아."

담임의 잔소리에 윤나는 문제집을 펼치고 푸는 척을 했다.

밤 열한 시가 가까워지자 학교 운동장에 셔틀버스가 줄지어 섰다. 교실 문이 열리고 학생들이 복도로 일제히 방생되었다. 윤나는 1반 무리 사이에서 현서를 찾았다. 붙잡고 말을 걸 타이밍을 보며 현서의 뒤를 좇았다.

모두가 계단을 내려가는 동안 현서는 혼자 위층으로 올라갔다. 윤나는 어디로 가는지도 모르고 일단 현서를 좇았다. 현서는 멈추지 않고 4층까지 가더니 도서관 옆 화장실로 들어갔다. 윤나는 화장실 밖에서 현서가 나오기를 기다렸다.

똥을 쌌어도 두 번은 쌌을 시간이 흘렀다. 현서는 여전히 화장실에서 나오지 않고 있었다. 창밖으로 아이들을 실은 셔틀버스가 떠나는 소리가 들렸다.

계단 쪽에서 발소리가 나더니 4층 복도의 불이 꺼졌다. 윤나는 엉겁결에 화장실 맞은편의 도서관으로 도망쳐 들어갔다. 불이 꺼진 도서관은 깜깜했다. 윤나는 감각에 의존해 문을 잠갔다.

도서관은 기순고 건물에 어울리지 않게 큼지막한 데다가 책장도 소파도 많아서 숨기에는 제격이었다. 윤나는 문에서 가장 멀리 떨어진 소파의 뒤로 들어갔다. 발밑에 푹신한 것이 밟혔다. 손을 뻗어 만지니 쿠션과 담요였다. 어딘가 익숙한 냄새가 났다.

문에서 들려오는 철컥거리는 소리에 윤나는 담요를 놓쳤다. 소파 뒤에 엎드려 숨을 죽였다.

열쇠로 문을 따는 소음이 났다. 이어 도서관 안으로 누군가 들어왔다. 윤나의 심장이 세차게 뛰었다. 이제라도 자수할까? 시간 가는 줄 모르고 책을 읽다가 늦어 버렸다고 할까.

윤나는 바닥에 엎드려 소파 다리 사이로 상황을 주시했다. 어둠에 익숙해진 시야에 삼선 슬리퍼를 신은 자그마한 발이 보였다. 경비원의 발이라기에는 너무 작았다. 분명 학생의 발이었다.

윤나는 찌뿌둥한 허리를 바로 세웠다.

현서의 눈동자가 흔들렸다.

"네가 왜 여기 있어?"

현서가 날카롭게 물었다.

소파의 팔걸이 커버가 찢어져 있었다. 윤나는 손톱으로 이미 뜯어진 끄트머리를 우악스레 잡아당겼다. 소파에 나란히 앉은 윤나와 현서 사이에 침묵이 감돌았다.

"나 집에 가?"

참다못한 윤나가 먼저 입을 열었다.

"가. 누가 쫓아오래? 스토커같이."

"나 먼저 가면, 너는 여기서 자게?"

윤나가 소파 뒤에 있던 쿠션과 담요를 들어 올렸다. 현서는 힐끗 그것을 보더니 고개를 돌렸다.

"학교에서 연락 가서 아빠한테 쫓겨났어. 집에는 못 들어가."

현서가 말했다.

"동아리 때문에?"

"아니, 심재이랑 사귀는 거 때문에."

"심재이랑 헤어졌다고 하고 들어가면 되잖아."

"우리 엄마처럼 말하네."

"너희 헤어졌다며. 그런 거 아니야?"

"너 바보냐? 그게 문제가 아니잖아."

"그러면?"

"내가 여자 좋아하는 게 죄야? 아빠가 먼저 싹싹 빌기 전까지는 안 들어가."

"도서관 열쇠는 어디서 났어?"

"교무실에서 훔쳤지."

"너 미쳤구나."

"생각보다 지낼 만해. 샤워실도 있고 소파랑 담요도 있으니까. 오히려 집에 있을 때보다 지금이 편해."

"밤에 경비 아저씨 돌아다니지 않아?"

"아저씨 4층까지 안 올라와. 어쩌다 한 번씩 손전등 들고 순찰 돌기는 하는데, 불 끄고 소리 죽이고 있으면 금방 지나가."

"안 추워?"

"여름인데 뭐가 춥냐."

"밤에는 냉기 돌잖아."

"밖에서 자는 것보다는 낫지. 거리는 위험하고, 진짜 춥고."

"그래도 힘들잖아. 그냥 집에 들어가면 안 돼? 눈 딱 감고 고개 한번 숙여."

현서가 헛웃음을 쳤다.

"진짜 그게 방법이라고 생각해?"

윤나가 고개를 끄덕였다. 현서는 어쩔 수 없다는 듯 자신의 뒷머리를 걷었다. 머리카락 너머를 본 윤나는 숨을 멈췄다.

마구잡이로 잘려 나간 머리카락. 주먹 크기로 휑하니 드러난 두피에서는 진물이 흘러내렸다. 윤나는 올라오는 구역감을 견디지 못하고 눈을 감았다. 그래도 잔상으로부터 도망칠 수는 없었다.

"너희 아빠가 이렇게 한 거야?"

윤나가 간신히 물었다. 현서가 고개를 끄덕였다.

"선생님이 알면 나 여기서도 쫓겨날 거야. 그러면 진짜 갈 데 없어져. 집에 들어가면 아빠한테 죽든가 내가 자살하든가."

현서는 걷어 올렸던 머리카락을 정리했다.

"집에 돌아가는 건 선택지가 아니야. 난 살고 싶어서 나왔어. 너무너무 살고 싶어서."

윤나는 아무 말도 할 수 없었다. 고집부리지 말고 집으로 들어가, 이번만 참고 부모님이랑 화해해. 보이지 않던 것을 끝내 보게 된 이상, 그런 말을 입에 올릴 수 없었다. 현서가 머리카락을 걷던 순간 펼쳐진 광경은 윤나가 생전 본 적 없는 것이었다. 그것은 막연히 예상해 온 세계의 단면보다 더 참혹했다.

현서가 벽시계를 보았다.

"너도 여기서 자려는 거 아니면 그만 가야겠다. 정문은 제일 먼저 잠그니까 후문으로 나가. 거기는 괜찮을 거야."

현서가 윤나의 등을 떠밀었다. 윤나는 무거운 발걸음으로 도서관을 나섰다.

후문에서 문을 잠그려던 경비 아저씨를 맞닥뜨렸다. 경비 아저씨가 의아한 얼굴로 윤나를 보았다.

"학생은 뭐 하느라 아직 안 갔어?"

"놓고 온 게 생각나서…… 잠깐 사물함 확인하러 왔었어요."

윤나가 웅얼웅얼 대답했다.

"그래? 안에 아무도 없지?"

"네. 제가 마지막이에요."

"조심해서 들어가."

윤나는 가방끈을 쥐고 고개를 끄덕였다. 꾸벅 인사하고 빠르게 도망쳤다.

심장이 자꾸만 벌렁거렸다. 운동장을 가로지르다가 문득 멈춰 섰다. 뒤돌아 본관 4층을 찾았다. 본관 4층이 어디지. 불이 꺼진 채 일렬로 늘어선 창문들은 전부 똑같아 보였다. 어디가 도서관 창문인지 알 수 없었다.

그때 4층 창문 한곳에서 불빛이 깜박였다. 어두운 창문 안쪽에서 손전등이나 핸드폰 플래시 같은 것이 꺼졌다가 켜지기를 반복하고 있었다.

윤나는 한결 가벼워진 발걸음을 재촉했다.

*

윤나는 집에 도착해서 방문을 잠그고 전신 거울 앞에 섰다. 숱이 빽빽한 머리카락을 뿌리에서부터 헤집었다. 머리가 산발이 되었다. 손가락을 갈퀴처럼 구부려 머리를 빗어 내리다 끝부분을 콱 움켜쥐었다. 머리카락이 팽팽해지면서 두피가 당겼다. 조금 더 주먹에 힘을 주자 두피에 찢어지는 듯한 통증이 전해졌다. 윤나는 아픔을 견디지 못하고 손을 놓았다. 바로 울음이 터졌다.

윤나는 현서의 뿌리째 뽑혀 나간 머리카락들을 떠올리며 울었다. 현서가 그 순간 느꼈을 통증을, 슬픔을, 분노를. 십 분의 일

혹은 백 분의 일일지언정 함께 느끼면서.

"화난다."

줄곧 가만히 있던 순지가 말했다. 윤나는 순지를 돌아보았다. 순지는 윤나의 침대를 차지하고 누워 있었다.

"현서 학교에서 사는 줄 알고 있었던 거 아니에요? 학교에서 일어나는 일은 다 지켜봤다면서요."

"집에서 부모랑 무슨 일이 있었는지는 몰랐지."

윤나는 순지의 얼굴을 가만히 보다가 물었다.

"나한테 왜 왔어요?"

"응?"

"동아리 들어가게 시킨 거, 한현서 걱정해서 그랬던 거예요? 언니는 한현서를 왜 그렇게 신경 써요?"

윤나의 물음에 순지는 한쪽 손을 체육복 소매 안으로 감추고 소매 끝을 만지작거렸다. 색이 바랜 소매의 시브리가 열기에 그을린 듯 까무잡잡했다.

순지는 소매를 잡아당기고 끄트머리에 묻은 것을 손톱으로 긁었다. 그러나 소매는 여전히 지저분했다.

"20년 전에, 내가 살아서 기순고를 다니고 있었을 때…… 나한테는 현서 같은 친구가 많이 있었어. 그런데 다 잃었어. 학교 때문에. 나는 현서가 그 친구들처럼 될까 봐 무서웠어."

순지는 잠시 말을 멈췄다.

"다시는 그런 일을 겪고 싶지 않아."

순지의 말을 듣고 있자니 묻고 싶은 게 생겼다. 생각해 보면 순지를 만나자마자 물었어야 하는 질문이었다.

"언니는 어떻게 죽은 거예요?"

윤나가 물었다.

"몰라."

순지가 대답했다.

"기억 안 나."

순지,

윤나

순지에게는 생애 최초의 기억도 최후의 기억도 없었다. 그해에 벌어졌던 일의 파편만이 듬성듬성 수놓아져 있을 뿐이다.

그해에는 유난히 상담실이 북적였다. 친구들은 제각각의 이유로 호출을 당했다. 팔짱을 끼다가, 손을 잡다가, 뺨에 입을 맞추다가. 암호로도 숨길 수 없을 만큼 버거운 감정으로 점철된 쪽지와 편지, 일기를 교환하다가.

학교는 교내에 한 명의 이반도 남기지 않겠다고 했다. 그것이 지역 사회와 학부모, 또 죄 없는 학생들과의 약속이라고 말하며.

학교에서는 그 일을 소독이라고 불렀다. 전교생을 대상으로 설문지가 돌았다. 어떤 고발이라도 적어 내기 전까지는 자리에서 일어날 수 없었다.

설문지에 언급된 이름의 주인들은 차례로 상담실에 불려 갔다. 순지는 친구가 나오기를 기다리며 불안하게 상담실 앞을 서성였다. 닫힌 문 너머로 욕설과 추궁과 협박과 회유가 넘실거렸다. 선생의 목소리가 문을 뚫고 나와 복도를 쩌렁쩌렁하게 울렸다.

세 명이 죽었다.

꼭 한 달에 한 명씩, 석 달에 세 명.

죽음 이외의 방식으로 떠나기를 선택한 친구들까지 포함하면 그 수는 몇 배로 늘었다.

친구들은 쫓겨나듯, 혹은 부모의 손에 이끌려서 도망치거나 떠나갔다. 사라진 친구들은 하나같이 소식이 끊겼다.

괴담 같은 소문이 간간이 들려왔다. 시내의 어느 골목에서 그 애를 봤다더라. 종교 단체가 운영하는 숙박 시설에 갇혔다더라.

순지는 그 말을 믿지 않았다. 출처를 알 수 없는 소문들이니 믿을 이유가 없었다. 그러나 형체 없는 소문들은 밤만 되면 물성이 생겨 순지의 숨통을 옥죄었다.

그즈음 순지는 하루에 길어야 두세 시간을 잤다. 이러다가는 나도 어쩌면. 순지는 침대에다가 혼잣말을 토했다. 이럴 바에는 내가…….

기억은 거기까지.

정신을 차려 보니 순지는 몸을 잃은 채 학교에 붙박여 있었다. 여기에 팔이 있고 여기에 다리가 있어, 스스로 느낄 수는 있었지만, 그 팔다리를 가지고 할 수 있는 일은 아무것도 없었다. 볼펜을 들거나 서랍을 열 수도, 누군가를 만질 수조차 없었다.

학교에는 낯선 얼굴의 사람들이 가득했다. 순지가 아는 사람은 한 명도 없었다. 대신 처음 보는 얼굴의 교장이 '뼈를 깎는 반성'을 하겠다고 말하고 있었다.

나는 학교에서 죽었구나. 순지는 생각했다. 결국 죽기로 했구나. 순지는 조금 안심했다. 정말 스스로 목숨을 끊었다면, 마지막 순간은 기억하지 못하는 편이 나을지도.

4층은 학생 출입 금지 구역이 되어 있었다. 방학이면 인부들이 자재를 들고 계단을 오르내렸다. 덕분에 순지는 자신이 죽은 곳이 어디인지 눈치챘다.

굳이 올라가 보고 싶지는 않았다. 순지는 1층부터 3층까지만 오가며 시간을 보냈다. 모든 공사가 끝난 후에야 올라가 본 4층은 새 건물처럼 깨끗하게 보수되어 있었다.

그렇게 20년을 보고 들었다.

순지가 사라진 기순고에는 색출도 면담도 없었다. 선생들은 학생들의 눈을 피했다. 순지는 말을 아끼는 그들의 얼굴에서 대로는 책임감과 죄책감을, 때로는 체념과 방관을 읽었다. 덕분인지 신입생들의 스타일은 해마다 알록달록해졌다.

그리고 올해, 몇 번째 바뀌었는지도 헷갈리는 교장이 단상에 섰다. 교장은 기순고를 치유하겠다고 선언했다.

순지는 그것이 20년 전의 소독과 같은 뜻이라는 것을 알았다.

*

“빨리 가자고.”

윤나는 현서의 팔을 붙들고 징징거렸다. 현서는 얼굴을 찌푸리며 몸에 힘을 주고 버텼다.

“아니, 뭔지는 몰라도 급식 먹고 하면 되잖아. 왜 남의 반까지 와서 이래.”

“걍 급식 먹지 마. 이따가 컵라면 사 준다니까? 오늘 밥도 맛없는 거 나오더만.”

윤나는 물러설 생각이 없었다. 현서가 마지못해 자리에서 일어났다.

“아이스크림도 사 줘.”

“알겠어.”

윤나는 현서를 데리고 교실 뒷문으로 향했다. 교실을 나서려던 순간 재이와 눈이 마주쳤다. 재이는 자리에 앉아서 이쪽을 흘쳐보고 있었다. 윤나는 일부러 티 나게 고개를 돌렸다. 최악의 타이밍에 현서를 떠난 재이가 곱게 보이지 않았다.

윤나는 현서를 샤워실 부스 안 의자에 앉혔다. 목에 황금빛 보자기를 두르고 고무줄로 매듭지었다. 현서는 윤나가 뭘 하려는지 알아차린 듯했다.

윤나가 황금빛 보자기를 고루 폈다.

"티 안 나게 단발로 다듬어 줄게. 학교에서 씻으려면 머리도 못 말릴 텐데, 단발로 자르면 훨씬 편해질 거야."

"너 머리카락 자를 줄이나 알아?"

"우리 학교에만 내 손 거쳐 간 애들이 몇 명인데. 믿고 맡겨."

윤나가 자신만만하게 가위를 들었다.

"보이지? 이거 프로용 가위야."

현서는 미심쩍은 눈으로 윤나를 훑어보더니 이내 눈을 감았다.

윤나는 조심스럽게 현서의 머리카락에 손을 얹었다. 엉망이 된 안쪽 머리카락을 보자 또다시 마음이 울렁였다.

현서를 미워했지만, 아니 미워했으니까. 윤나는 현서에 대해 많은 걸 알고 있었다. 복도에서 마주치면 윤나는 현서를 끝까지 노려보고는 했다. 뭐 하나 트집이라도 잡으려고. 심재이는 좋아해도 하필 저런 애를 좋아하느냐며 속으로 혀를 차려고.

그때마다 트집을 잡기는 많이 잡았던 것 같은데, 현서의 어떤 모습들이 그렇게 치 떨리게 싫었는지는 전혀 기억나지 않았다. 기억에 남아 있는 것은 오직 머리카락을 만지작거리던 현서의 모습뿐이었다. 날개 장식이 달린 빗으로 층계참 거울 앞에서 머리를 빗고, 창가에 서서 세럼을 바르던 모습.

도서관 소파 뒤에 숨겨져 있던 쿠션과 담요. 그곳에서 풍기던 익숙한 냄새는 현서가 즐겨 바르던 세럼 냄새였다.

서늘한 가윗날에 머리카락이 뭉텅이로 잘려 나갔다.

"한현서, 그거 알아?"

윤나가 말했다.

"너희 아빠는 진짜 최악이야."

거울에 비친 현서의 눈이 동그래졌다. 하지만 윤나는 뱉은 말을 취소할 생각이 없었다. 사실은 사실인 걸 어떡해. 윤나는 일부러 거울 속 현서의 눈을 바라보지 않았다. 눈이 마주치면 그땐 현서가 보는 앞에서 울어 버릴 것 같았다.

"너 머리카락 열심히 길렀잖아. 네 긴 머리 좋아하잖아. 그건 나도 알아. 존나 안 친했던 나도 네가 얼마나 신경 썼는지 다 안다고. 근데 그거를."

윤나의 목소리가 낮게 떨렸다.

"알면서 그런 거잖아. 네가 아끼는 거 알아서 일부러 그런 거잖아. 존나 못됐어."

현서는 말이 없었다. 윤나는 고개를 숙이고 혼자 울음을 추슬렀다.

"다 됐어."

윤나의 심장이 빠르게 뛰었다. 손님의 반응을 기다리는 것이 이토록 긴장되는 건 처음이었다. 현서는 오래 거울을 응시했다.

잠시 뒤에 현서가 입을 열었다.

"그냥 빡빡 밀어 버릴까?"

"뭐?"

윤나는 귀를 의심했다. 현서는 웃고 있었지만 농담하는 표정은 아니었다.

"괜찮지 않아? 그렇게 하면 씻는 것도 훨씬 편해지잖아."

"진심이야?"

"응."

현서가 고개를 끄덕였다.

"척하는 건 싫어. 내가 왜 단발인 척을 해야 해. 밀린 김에 삭발

하지 뭐."

미용사에게 손님의 의견보다 중요한 건 없었다. 윤나는 다시 가위를 집어 들었다. 샤워 부스 바닥의 타일 틈새가 수천 개의 머리카락 조각들로 거뭇해졌다.

현서가 머리를 밀고 나타나자 또 한 번 학교가 뒤집혔다. 최근 들어 학교는 며칠 간격으로 뒤집히기를 반복했다. 윤나의 눈에는 그런 학교가 깃털만큼이나 가벼워 보였다.

매점에서 현서의 뒷모습을 몰래 촬영한 사진이 '기순고꼴페미박제계정'에 업로드되었다. 현서는 상담실로 불려 갔고 삭발은 반항의 상징이라는 이유로 벌점을 받았다. (현서의 증언에 따르면 선도 부장은 등교하는 현서를 보자마자 '천지개벽을 목격한 사람처럼' '얼굴이 새파래져' 덜덜 떨었다고 한다.)

현서네 담임은 요즘 가발이 실제 머리와 구분이 되지 않을 정도로 잘 나오니 쓰고 다니라 권유했다. 현서는 돈이 없다고 대꾸했다. 며칠 뒤 담임은 선물이라며 검은색 통가발이 담긴 잘 포장된 상자를 내밀었다. 현서는 그것을 과학실 인체 모형에 씌웠다가 또 상담실로 불려 갔다.

현서의 머리카락은 금방금방 자랐다. 윤나는 담당 미용사로서

책임을 지고 현서의 머리가 자라는 족족 다시 밀어 주었다. 조금 더 '멋있어지고' 싶다는 요청에 왼쪽 구레나룻 위에다가 두 줄짜리 스크래치도 만들었다.

"최윤나, 한현서. 교무실로."

점심시간에 교실 뒤에서 바리캉을 쓰다가 걸려서 이번에는 윤나도 함께 호출당했다. 윤나는 선생님을 불러온 고자질쟁이를 가만두지 않겠다고 씩씩거렸다. 세상천지가 마음에 들지 않는 것투성이지만 그중에서도 윤나가 제일 싫어하는 것은 의리 없는 인간이었다.

"머리카락을 마음대로 하지 못하면 죽어? 너희는 왜 철없이 그런 거에 목숨을 거냐? 졸업만 하면 알아서 하라고. 학교에서만 하지 말라고!"

둘은 각각 벌점을 2점씩 받았다. 현서는 교무실을 나서며 문 옆의 거울에다가 자신의 스크래치를 만족스러운 표정으로 비추어 보았다. 그런 현서를 보며 윤나는 진정 오랜만에 미용사로서의 보람이라는 것을 느꼈다. 고객의 니즈를 충족시켰다는 마음. 그것은 벌점을 받기 싫어 머리를 검게 물들여야 하는 고객을 받을 때는 느껴 본 적 없는 뿌듯함이었다.

재이,
윤나,
순지,
현서

재이는 혼란스러웠다. 대체 저 조합은 뭐지? 내 전 절친이랑 전 여친이 붙어 다니고 있잖아.

한현서는 그렇게 아끼던 머리카락을 왜 하루아침에 밀어 버렸지? 저항의 뜻인가. 그러면 최윤나는 왜? 교장의 부역자 노릇을 즐기더니 난데없이 현서와 뜻을 함께한다고? 말이 되지 않았다. 처음부터 끝까지 말이 되는 부분이 하나도 없었다.

그보다 너희 이렇게 잘 지낼 수 있는 거였으면 그때는 왜 그랬어.

서운한 것을 넘어 억울했다. 재이는 그 둘이 친해지기를 누구보다 바라던 사람이었다. 한때는 세상에서 제일 아꼈던 두 사람. 그랬으니까 고집 센 둘을 구태여 인사시켰겠지. 그때는 시큰

둥하게 서로 훑어보기나 했으면서. 진작 둘이 친해지기만 했었어도!

그때는 왜 그렇게 될 수 없었나. 지금이랑 달라진 건 무엇인가. 답은 간단했다. 두 사람의 사이에 재이가 없다는 것.

내가 문제였던 건가? 정말로? 머릿속이 혼란스러웠다. 재이도 끼고 싶었다. 두 사람과 함께 있고 싶었다. 윤나와 현서가 그리웠다. 애틋해지기까지는 그토록 노력이 필요했었는데 멀어지는 건 한순간이었다.

현서까지 잃고 나니 윤나를 잃은 순간 자신이 포기했던 게 뭔지 더욱 선명해졌다.

왜 나는 멀어지는 사람을 붙잡지 못할까.

연이은 실패. 재이는 자신에게 찾아온 상실을 그렇게 정의했다.

영화 토론 동아리가 진행되는 교실 근처를 서성였다. 용기를 쥐어짜 뒷문에 손을 얹었다가 내리기만 여러 번 반복했다. 재이는 입술을 안으로 말아 물었다. 오늘은 아니야. 다음에 오자. 다음에.

기운 없이 걸음을 옮기는 재이의 옆을 어떤 무리가 지나쳤다. 하나같이 마스크를 쓰고 있었다. 재이는 고개를 돌려 그 애들이

향하는 곳을 보았다. 영화 토론 동아리 교실이 있는 방향이었다.

재이는 두 번 생각하지 않고 교무실로 달려갔다.

*

오늘은 현서가 먼저 도착해 있었다. 종이 친 후에도 오 분을 더 기다렸지만 다른 부원은 오지 않았다. 예상했던 일이었다.

남아 있는 부원 한두 명이 간헐적으로 참여하는 날도 있기는 했다. 그런 날이면 현서는 눈에 띄게 들떴다. 쉬는 시간에 윤나를 끌고 매점으로 달려가 나누어 먹을 간식을 한 아름 챙겼다.

그런 현서의 마음을 아는지 모르는지, 부원들은 좀처럼 동아리 시간에 나타나지 않았다.

교탁에 서서 컴퓨터를 조작하던 현서가 고개를 들고 윤나에게 말했다.

"나랑 같이 영화 봐 주고, 내 수다 들어 줘서 고마워."

"아니야."

"솔직히 너 영화에 관심 없잖아. 다 티 나."

윤나는 대답 없이 뒷머리를 긁적였다. 때로 현서는 예상하지 못한 순간에 자신의 속내를, 그것도 가장 연약한 구석을 드러냈다. 그것은 자꾸만 꺼내 곱씹어 보게 되는 맛이 있었다.

교실 불이 꺼지고 영화가 시작되었다. 영화에 집중해 보려는 윤나의 노력은 난데없이 열린 앞문 탓에 허사로 돌아갔다.

마스크로 얼굴을 가린 사람들 한 무리가 교실 안으로 우르르 쏟아져 들어왔다. 순식간에 윤나와 현서를 둘러싼 원이 생겼다.

"우와아아아!"

함성을 내지르는 목소리에서 즐거움이라고밖에 할 수 없는 감정이 느껴졌다. 어둠 속에서 눈알 흰자가 선명하게 보였다. 번들거리는 흰자가 휙휙 점프했다. 눈알들이 빙빙 돌아갔다. 일제히 펄쩍펄쩍 뛰며 소리를 질렀다.

"우! 우! 우! 우!"

의도가 뻔히 보이는 행동이었다. 너무 선명하기에 한층 더 우스꽝스러웠다. 만일 윤나가 길을 지나가다 이런 광경을 목격했다면 이들을 한심하게 여겼을 것이다.

그러나 지금 윤나의 몸은 원 한가운데 갇혀 있었다. 꼼짝없이 이들이 외치는 우스꽝스러운 함성을 들어야 했다.

쟤들이 저질러 봤자 뭘 저지르겠어. 그래 봤자 같은 학생이야. 겁을 주려고 하는 행동일 뿐이야. 실제로는 나에게 아무 해도 끼치지 못해. 머리로는 알고 있었지만 조금도 와닿지 않았다. 윤나의 무릎이 덜덜 떨렸다. 꺼지라고 소리칠 엄두는커녕 자리에서 일어날 힘조차 나지 않았다.

현서가 윤나의 손을 잡으며 고개를 저었다.

“반응하지 마.”

현서의 입술이 소리 없이 말했다. 그렇지 않아도 윤나는 어차피 움직일 수 없었다.

그 순간 순지가 윤나에게 들어와 조종간을 차지했다.

순지는 윤나의 몸으로 벌떡 일어나 주위를 둘러보았다. 핸드폰을 들고 방방 뛰는 아이의 손목을 낚아챘다. 핸드폰이 바닥으로 떨어졌다.

곧이어 순지는 그 애의 얼굴을 이마로 들이받았다. 퍽 소리가 났다.

“우! 우? 우.”

함성이 멈췄다. 들이받힌 아이가 얼굴을 움켜쥐고 뒷걸음질을 쳤다. 순간 기묘한 침묵이 교실을 감쌌다. 모두가 말을 잃은 와중에 틀어놓은 영화 속 배우의 목소리가 침묵을 깼다.

“으아아아아!”

얼굴을 맞은 아이가 손바닥에 묻은 코피를 보며 소리를 질렀고, 순지는 굳어 있는 현서를 돌아보았다.

"가자!"

순지는 현서의 손목을 낚아채 교실을 박차고 나왔다. 힘차게 계단을 뛰어올랐다. 4층 여자 화장실의 가운데 칸으로 들어가 문을 걸어 잠갔다.

숨을 죽이고 기다렸다. 누군가가 쫓아오는 소리는 들리지 않았다. 여전히 순지는 현서의 손목을 꽉 붙들고 있었다.

조종간을 빼앗기고 몸 안에 갇힌 윤나는 참을 수 없는 메스꺼움을 느꼈다. 이제 한계였다. 어서 몸을 되찾아야 했다. 온 세계가 팽팽 회전하고 있었다. 혼란 속에서 현서의 얼굴이 왜인지 아주 가까이에 있다는 사실이 흐릿하게 느껴졌다.

현서가 윤나의 양 뺨을 내리치듯 붙잡았다. 짝 소리가 났다. 뺨이 얼얼했다. 차가운 금속제 피어싱이 입술과 입술 사이에 짓눌렸다. 입술 하나는 윤나의 것이고 나머지 하나는 현서의 것이었다.

상황 판단을 마치기도 전에 윤나의 속이 소용돌이쳤다. 부글부글 끓는 덩어리가 식도를 역류했다. 차갑고 뜨겁고 끈적이는 것이었다.

윤나는 현서를 밀쳤다. 온몸이 떨렸다. 팔다리의 근육이 타들어 가듯 아팠다.

현서가 허리를 숙인 윤나의 어깨를 잡았다.

"야, 싫었어? 미안해."

윤나는 현서의 손을 뿌리쳤다. 현서의 말이 귀에 들어오지도 않았다. 전부 반고리관을 어지럽히는 소음일 뿐이었다.

화장실 칸 밖으로 뛰쳐나갔다. 세면대를 붙잡고 허리를 숙였다.

웨엑.

목구멍 너머에서 튀어나온 것이 세면대에 달라붙었다. 검고 진득한 껌처럼 보이는 그것은 박동하고 있었다. 살아 있는 생명체처럼 넓게 퍼졌다가 타원형으로 뭉치기를 반복했다. 윤나는 저것이 자신의 몸속에서 나온 것이라는 사실을 믿기 어려웠다.

"이게 뭐야?"

윤나가 고개를 들었다. 거울에 자신의 모습이 비쳤다. 흰자의 실핏줄이 전부 터져 새빨갰다. 어깨 너머 당혹스러운 표정의 현서와 눈이 마주쳤다.

*

"널 좋아하는 귀신이 나한테 붙었어."

도서관에 도착하자마자 윤나가 말했다. 현서는 재가 무슨 개소리를 하나 싶었다. 하지만 윤나의 표정과 말투는 진지했다.

윤나는 서가 사이에서 익숙한 듯 길을 찾더니 책 한 권을 꺼내 왔다.

『기초부터 배우는 강령술—하루 10분 투자로 일주일 만에 죽은 자 소환 완전 정복』

현서는 책등을 잡고 페이지를 처음부터 끝까지 한 번에 넘겼다. 쿰쿰한 종이 냄새가 얼굴을 덮쳤다. 페이지 군데군데 노란색 형광펜으로 밑줄이 그어져 있었다.

"너는 도서관 책에다가 밑줄을 쳐 가면서 읽냐? 똥매너."

"지금 그게 중요하니?"

윤나가 짜증스럽게 대꾸했다.

"해 봐."

현서가 책을 소리 나게 덮었다.

윤나가 무슨 소리냐는 듯 현서를 보았다.

"귀신 씌는 거 보여 달라고. 말은 됐으니까 증거를 대."

현서의 재촉에 윤나는 눈동자를 굴리더니 기어드는 목소리로 입을 열었다.

"지금은 안 돼."

"왜?"

"순지 언니가 사라졌어."

"뭐라고?"

현서가 눈썹을 치켜올렸다.

"안 믿어도 상관없어. 어쨌든 난 얘기는 한 거야. 털어놓으니까 시원하네."

윤나의 입안이 바싹 말랐다. 센 척을 하고는 있었지만 실은 현서가 자신에게 실망했을까 봐 심장이 벌렁거렸다.

"이해는 된다."

현서가 말했다.

"정말?"

윤나가 반색했다.

"네가 하루아침에 달라졌다는 것보다 귀신이 붙었다는 쪽이 말이 돼. 갑자기 착하게 굴 이유가 없잖아. 나랑 친해지고 싶어 할 이유도 없고. 네가 나한테 왜 그랬는지 이제야 이해가 되네."

현서가 고개를 끄덕이며 말했다.

"야! 사람 걱정하는 데 자격씩이나 필요하냐? 너는 말을 해도 왜 그렇게……."

기대와는 다른 현서의 태도에 윤나가 버럭 성을 냈다.

"아니면 아니라고 나를 설득해. 목소리만 높이지 말고."

현서가 말을 끊었다.

윤나는 입을 닫았다. 현서의 말이 틀렸나? 솔직히 완전히 틀렸다고 할 수는 없었다.

현서가 조용해진 윤나를 빤히 응시했다.

윤나는 어깨를 움츠렸다. 속내가 훤히 꿰뚫려 보이는 기분이었다. 대체 어디까지 알고 있는 건지 짐작조차 어려운 눈동자를 마주하고 있으면 기가 죽으면서도, 한편으로는 이 사람에게 잘 보이고 싶다는 생각이 들었다.

그러니까 윤나는 현서의 친구가 되고 싶었다. 진짜 친구가.

"너랑 같이 있었던 게 귀신 때문만은 아니야. 지금도 그래. 순전히 내 의지로 너한테 구구절절 설명하고 있는 거라고."

"왜?"

"몰라, 몸을 나눠 쓰다 보니까 옮은 건지 뭔지. 아무튼 나도 너를 신경 써. 우리가 친해졌다고 생각해. 너를 아끼는 사람 둘이서 몸 하나를 같이 쓰고 있었을 뿐이야. 네 입장에서는 한 명인 줄 알았던 친구가 두 명으로 늘어난 거야. 그렇게 생각하면 좋은 거 아니야?"

두서없는 윤나의 말이 끝나고도 현서는 대답이 없었다. 윤나는 조마조마한 기분으로 주먹을 말아 쥐었다.

"지금까지 있었던 건 인정 안 해 줘. 나는 거짓말쟁이랑은 친구 안 해."

현서가 말했다. 윤나는 그것이 무슨 뜻인지 생각하느라 머리를 굴렸다.

"이제부터는 나한테 거짓말하지 마."

현서가 윤나의 앞에 손바닥을 펼쳐 내밀었다. 윤나는 덥석 현서의 손을 잡았다.

밤이 되도록 순지는 돌아오지 않았다. 집에 가면 있으려나 했는데 그것도 아니었다. 보고 싶다는 건 아니지만, 종일 붙어 다니던 존재가 갑자기 사라지니 빈자리가 느껴지기는 했다.

학교에서 있었던 일들에 대해 생각했다. 여러 일이 복잡하게 꼬여 버린 것 같았다. 핸드폰을 들고 있던 아이를 들이받은 이마가 아직도 얼얼했다. 걔 코피 난 건 괜찮을까. 설마 콧대가 부러졌다거나 하는 건 아니겠지. 그러면 상황이 커져 버릴 텐데. 정수기에서 물을 뜨고 있었는데 생각에 잠겨 물을 넘치기 직전까지 채우고 말았다. 윤나는 한숨을 쉬며 컵에 가득 담긴 물을 조금 버렸다. 그리고 뒤를 돌았다.

순지가 멀뚱멀뚱 그곳에 서 있었다.

“아이 씨 진짜!”

윤나는 컵을 떨어뜨리고는 양 주먹을 가슴 앞으로 모아 쥐었다. 깨진 컵에서 쏟아진 물에 발끝이 축축해졌다.

“왜, 때리려고? 쳐 봐.”

순지는 싱글싱글 웃으며 잽을 날렸다. 뻗어져 나오는 귀신의 주먹이 윤나의 어깨를 통과해 지나갔다.

“어디 갔었어요?”

윤나는 키친타월을 뜯으며 순지를 흘겨보았다. 순지가 뭐라 대답하기 전, 안방 문이 열리더니 엄마가 문틈으로 얼굴을 내밀었다.

“무슨 일이니?”

“컵 깼어.”

윤나가 대답했다.

엄마는 한숨을 쉬었다.

“빨리 치우고 들어가서 자.”

안방 문이 닫혔다.

윤나는 큰 유리 조각을 주워다가 키친타월에 감싸 버렸다. 휴지로 나머지 조각들을 훔쳐 모으다가 날카로운 통증을 느꼈다.

윤나는 핏방울이 맺힌 검지를 빨면서 뒷정리를 마쳤다.

"현서한테 언니 이야기 다 했어요."

방으로 들어와 문을 닫자마자 윤나가 말했다. 순지는 가부좌를 틀고는 침대 옆 허공을 오리 배처럼 둥둥 떠다녔다. 윤나는 전과 다를 바 없는 순지의 태평한 반응에 안심이 되었지만, 그 사실을 들키고 싶지는 않아 괜히 까칠하게 굴었다.

"나한테서 떨어질 수 있는 거였어요? 소환한 사람이랑 붙어 다녀야 한다며. 혼자 다닐 수 있는 거였으면 진작 어디 좀 가 있지."

"다른 데에 있었던 거 아니야." 순지가 대꾸했다.

"나, 그동안 어디에도 없었어. 짧은 순간이지만 소멸 상태였던 거야."

순지가 해사하게 웃었다.

순지의 표정이 너무 밝아서, 윤나는 '소멸'이라는 단어에 자신이 모르는 다른 뜻이 있었나 생각했다.

*

도서관에서 삼자대면이 이루어졌다.

현서는 순지와 직접 이야기를 나눠 보고 싶다고 했다. 자신에게 그 정도 자격은 있지 않냐는 거였다.

윤나는 순지에게 조종간을 넘겼다.

"안녕."

순지가 어색하게 인사를 건넸다.

현서는 빤히 윤나의, 그리고 순지의 눈을 바라보았다.

"이제야 알겠네. 왜 그런 느낌이 들었는지."

현서가 혼잣말을 하듯 중얼거렸다.

"언니는 그러면 20년 동안 여기에 있었던 거예요? 아무 데도 못 가고?"

현서가 물었다. 순지가 고개를 끄덕였다.

"무섭지 않았어요? 자기가 죽은 곳에 계속 남아 있는 거."

"무섭지는 않았어."

"언니는 용감하네요."

"그렇게 말해 주니 고맙지만 용감해서 그런 건 아니야. 어떻게 죽었는지 기억이 없어서 그래. 기억나는 게 없으면 무서울 것도 없지."

"언니는 언니가 어떻게 죽었는지 몰라요?"

"자세히는 몰라. 자살이었을 거야."

"기억이 없다면서 자살이었는지는 알아요?"

"그때 학교의 분위기는 기억이 나거든. 친구들이 너무, 너무 많이 죽었어. 그런데 그 애들이 떠나가는 것을 아무도 이상하게 여기지 않았지. 어떤 사람은 그 죽음이 당연한 일이라고까지 했어. 화가 나는데 할 수 있는 게 없었어. 나는 무력했고 자주 죽음에 대해서 생각했어. 나뿐만이 아니라 다들 그랬을 거야. 그러니까 내가 추측할 수 있는 건."

순지는 잠시 말을 멈췄다.

"생각하고 생각하다가 끝내 실천으로 옮긴 거겠지."

"이상하네요."

"뭐가?"

현서는 열람실 컴퓨터 앞으로 가 앉았다. 무언가를 검색하더니 상체를 옆으로 빼며 모니터를 가리켰다.

"이거 한번 보실래요?"

현서가 보여 준 것은 20년 전에 작성된 기사였다.

대전에 위치한 기순고등학교에서 24일 새벽 화재가 발생해 학생 4명이 다치고 1명이 숨졌다. 피해를 입은 학생들은 무단으로 도서관을 점거 중이던 것으로 알려졌다. 소방청은 화재 원인을 조사 중이라고 밝혔다.

"윤나한테서 언니 얘기를 듣고 찾아봤어요. 20년 전에 기순고에서 죽은 학생에 관한 이야기요. 학교에서 학생이 죽었다는데, 기사가 한 줄이라도 났을 거라고 생각했거든요."

현서가 말을 이었다. 순지는 말없이 화면 속 기사를 응시했다.

"알아볼수록 궁금한 점만 계속 생겼어요. 최초 발화 지점은 도서관이 아니었대요. 그런데 피해 학생은 전부 도서관에서 나왔고요. 이상하잖아요. 한밤중에 도서관에 학생들이 있었던 것도, 결국 한 사람이 빠져나오지 못하고 죽은 것도. 다 이상해요. 그런데 왜 그런 일이 있었는지는 찾을 수가 없었어요."

여기까지 말하고 현서는 숨을 골랐다.

"언니, 같이 학교에 다녔던 친구들 이름을 얘기해 줄 수 있어요? 특히 언니를 아꼈던 사람들의 이름을요."

현서는 단호한 목소리로 남은 말을 쏟아 냈다.

"나는 알아야겠어요. 언니가 왜 죽어야 했는지. 그게 정말 학교 때문이라면, 나는 이 학교를 가만두지 않을 거예요."

3부 재회

윤나

윤나는 '기순고꼴페미박제계정'에 올라온 자신의 사진을 발견했다. 영상을 캡처한 사진 여러 장이 업로드되어 있었다. 며칠 전 마스크 무리가 들이닥쳤던 날에 찍힌 영상이었다.

'구마당하는 페미 표정.jpg'

입을 멍하니 벌린 윤나의 사진 아래에는 그런 캡션이 적혀 있었다.

어느 정도 예상했던 일이었지만 실제로 당하니 손이 떨렸다. 윤나는 친구들의 아이디까지 총동원해 게시물을 신고했다. 며칠이 지난 뒤 SNS 측에서 답변이 돌아왔다. 검토 결과 해당 게시물은 삭제 조치되지 않았으나, 원한다면 게시물을 올린 계정을 제한하거나 차단할 수 있다는 것이었다. 그건 해결책이라고 부를 수도 없었다.

윤나는 SNS 프로필로 설정해 두었던 셀카를 내리고 계정을 비공개로 돌렸다. 그랬음에도 모르는 계정으로부터의 메시지 요청이 쇄도했다.

학교는 그날 그 자리에 있었던 아이들을 특정할 수 없다고 했다. 현장에서 직접적인 욕설이나 폭행이 발생하지는 않은 만큼 색출할 명분이 없다는 것이었다. 그 논리대로라면 인물이 특정되었을 때 곤란해지는 쪽은 오히려 윤나였다. 윤나(의 탈을 쓴 순지)가 그중 한 명을 이마로 들이받은 것이 문제가 될 수 있었다.

윤나는 더 따지고 들지 못했다. 선생은 그 표정을 어떤 의미로 받아들였는지 나긋나긋하게 윤나를 달랬다.

"앞으로는 예민한 내용 말고, 화합에 도움이 되는 영화를 틀면 어때? 다들 생각이 다를 수 있으니까. 이제부터는 서로 배려하고 존중하는 영화를 찾아보자."

윤나는 선생의 말을 무시했다.

그날의 사건을 주제로 이야기하는 사람은 많았다. 하지만 그것을 진지한 위협이었다고 받아들이는 사람은 없었다.

"둘러싸고 소리를 질렀다고? 원시인이야?"

"진짜 바보 같네. 그냥 무시해."

아무도 두려워하지 않았다. 누구도 그 일을 심각하게 생각하지 않았다. 그날 그 자리에 있었던 윤나와 현서를 제외하고는.

"짜증 나."

4층 층계참에 걸터앉은 현서가 신경질적으로 아이스크림을 뜯었다.

"학교 규정이 쓰레기라 징계는 못 내린다고 쳐. 적어도 걔들이 누구인지는 우리가 알아야 하는 거 아니야? 그 정도 권리는 있는 거 아니냐고. 그런데 학교는 누가 그런 건지 찾아낼 생각도 없잖아. 복도에서 스쳐 지나가는 애들 중에 한 명일 수도 있는 거야. 급식실 바로 옆자리에 앉은 사람일 수도 있는 거라고."

재이가 계단을 올라오고 있었다. 윤나는 현서의 눈치를 보았다.

현서는 재이를 발견하지 못한 사람처럼 하던 이야기를 계속했다. 다분히 재이를 의식하고 있는 태도였다.

"윤나야. 현서야."

재이가 어색한 표정으로 말을 걸었다. 현서는 남은 아이스크림을 한입에 털어 넣었다.

"너희 괜찮아?"

"최윤나, 나 먼저 간다."

현서는 재이를 무시하고 윤나에게 말하며 자리에서 일어났다.

빠른 걸음으로 계단을 내려가는 현서의 뒷모습을 재이가 망연히 지켜보았다. 새삼스럽게도 상처받은 표정이었다. 윤나는 재이의 반응이 웃기다고 생각했다.

"깨졌으면서 왜 실망하는데? 그럼 현서가 어떻게 반응해 주길 바랐어?"

윤나가 말했다.

"내가 헤어지자고 한 거 아니야. 나는 계속 만나고 싶었어, 학교에서만 조심하자고 했던 거지. 그럴 바에는 헤어지자고 한 건 현서야."

재이가 항변했다.

"그런다고 덜컥 헤어지냐? 눈치가 없는 거야, 비겁한 거야. 그냥 벌점 받는 게 한현서랑 헤어지는 것보다 무서웠던 거면서."

"그런 거 아니야. 현서가 아파하는 걸 보기 힘들어서 그랬어."

"네가 암만 아니라고 해도 한현서는 그렇게 생각 안 할걸. 내 생각에, 네 문제는 의리가 없다는 거야. 기순고 들어와서 한현서 생기자마자 날 버렸지. 이번에는 상황이 불리해지니까 바로 한현서를 떠났고. 너는 사람을 너무 쉽게 버려."

"난 너희를 버린 적도 떠난 적도 없어."

재이가 말했다.

"헤어지면 괜찮아질 줄 알았어. 그런데 상황이 갈수록 나빠지기만 하잖아. 현서는 매일매일 힘들어 보이는데, 이제는 뭐 때문에 힘든지 이유를 물어볼 수도 없어. 이렇게 될 줄 알았으면 헤어지지 않았을 거야……."

재이의 목소리가 점점 작아졌다.

"현서의 옆에서 힘이 되어 주고 싶어. 그런데 어떻게 해야 현서가 나를 다시 받아 줄지 모르겠어."

재이의 말이 끝나기가 무섭게 윤나는 순지가 자신의 몸으로 들어오는 것을 느꼈다. 순지는 허락을 구하듯 조종간 근처를 어슬렁거렸다. 또 무슨 말을 하려고 이러는데? 어디 한번 해 보셔요. 윤나는 순지에게 조종간을 넘겼다.

"넌 정말 현서가 뭘 원하는지 몰라?"

순지가 윤나의 입을 빌려 말했다. 재이가 촉촉해진 눈으로 윤나를 올려다보았다.

"현서는 자기가 너한테 중요한 사람이라는 걸 확인받길 원해. 그러니까 모두 앞에서 현서가 너한테 어떤 존재인지 보여 줘. 현서만 있으면 어떤 역경도 헤쳐 나갈 수 있다고 맹세해. 그 정도

각오를 보여 주지 않으면 현서는 너한테 돌아가지 않을 거야."

하굣길에 순지는 콧노래를 부르며 허공을 유영했다. 수상할 정도로 기분이 좋아 보이는 이유는 뻔했다.

"언니, 쟤들 완전히 헤어지게 하려고 그러죠."

지금까지 윤나가 봐 온 현서는 사람 관계에서 확인이나 맹세 따위를 원할 성격이 아니었다. '영원한 사랑의 맹세'라는 선택지는 이 문제에 있어 가장 명백한 오답이었다.

"일방적으로 매달리면 그나마 남아 있는 정도 떨어질 거예요. 한현서가 그런 걸 좋아할 리 없잖아요."

"나도 알아."

순지는 망설임 없이 대답했다. 윤나가 헛웃음을 쳤다.

"어이가 없어서."

"심재이한테는 현서가 한참 아까워. 현서가 힘들 때는 옆에 없더니, 이제 와서 다시 만나고 싶다고? 염치 좀 챙기라고 해."

"둘이 잘 안 된다고 해서 언니한테 기회가 오지는 않을 텐데."

"누가 뭐래? 나는 그냥 현서가 자기한테 더 어울리는 사람을 만났으면 하는 마음뿐이야. 심재이만 아니면 돼. 걔는 자격 미달이야."

순지가 허공을 빙글빙글 돌았다. 웃음소리가 다소 사악하게 느껴졌다. 이 귀신 왜 이래? 잠깐 소멸해 있었다더니 그새 악령이 됐나.

윤나는 고개를 저었다. 아무리 그래도 심재이를 너무 만만히 보는 거 아닌가. 걔가 그렇게까지 세상 물정 모르지는 않을 텐데…….

*

점심시간이 끝나갈 무렵, 윤나는 1반 교실에서 현서와 나란히 앉아 있었다. 다음 동아리 시간에 볼 영화를 고르는 중이었다. 현서와 같은 반인 재이가 보이지 않았지만 배식을 두 번 받았겠거니 생각하고 대수롭지 않게 여겼다.

창밖에서 누군가의 우렁찬 목소리가 들렸다. 윤나는 창가 쪽으로 고개를 돌렸다. 애들이 창가로 모여들었다. 현서도 고개를 들고 그쪽을 보았다. 이번에는 창밖의 목소리가 더 또렷하게 들렸다.

"……현서야!"

창밖의 사람은 현서를 부르고 있었다.

현서가 자리에서 벌떡 일어났다. 설마. 아니, 설마. 윤나는 덩달아 사색이 되어 창가로 달려갔다.

"뭐야? 무슨 일이야?"

"쟤 누군데? 우리 반 아니야?"

"심재이, 심재이."

"왜 저래? 미쳤나 봐."

창가에 밀집한 어깨들이 들썩이며 윤나의 몸에 부딪혔다. 윤나도 군중의 여론에 십분 공감하는 바였다.

진짜 왜 저러는데?

운동장 한가운데 선 재이는 현수막을 들고 있었다. 노란 배경에 검은 글씨로 큼지막하게 인쇄된 문구는,

현서야내게돌아와줄래?

진심인가?

윤나는 너무도 간절히 재이가 이쯤에서 사태의 심각성을 깨달아 주기를 바랐다. 한때 친구였던 사람으로서 하는 소리였다. 제발 그만둬. 제발!

"현서야!"

재이가 손나팔을 만들어 고래고래 소리쳤다.

"사랑해! 벌점 먹이라고 그래! 내신 같은 것보다 네가 더 중요해. 학교 추천 이딴 거 다 필요 없어! 그냥 성적 맞춰서 가면 되지!"

아이들의 시선이 현서에게로 꽂혔다. 현서가 손으로 얼굴을 가렸다. 윤나는 슬슬 헷갈리기 시작했다. 사랑이 문제인가 심재이라는 인간이 문제인가.

재이는 잠시 말을 멈추고 눈을 굴렸다. 그러더니 생각났다는 표정으로 다시 외쳤다.

"나…… 있잖아. 빡빡이인 너도 좋아! 머리카락 없어도 세상에서 제일 예뻐! 내가 매일 바리캉으로 밀어 줄게!"

모두가 경악했다. 그 누구도 재이의 행동을 낭만적이거나 감동적인 이벤트라고 받아들이지 않는 것 같았다.

딱 한 사람을 제외하고는.

"현서 웃는데?"

"뭘 웃어."

현서는 관자놀이까지 새빨개진 채 반 아이의 어깨를 길었다. 윤나는 현서의 입술이 실룩거리는 것을 보았다. 자신의 눈을 믿을 수 없었다. 내 옆에 있는 이 사람이 정녕 한현서가 맞나? 가오에 죽고 가오에 사는 한현서가?

"상대 불쌍해. 학교 어떻게 다녀."

누군가가 그리 말했지만, 현서는 그다지 스스로를 불쌍히 여기는 것 같지 않았다.

현서는 단숨에 운동장으로 달려 내려가 재이의 품에 안겼다. 입을 벌리고 그 꼴을 지켜보던 순지는 고개를 절레절레 저었다.

"하여튼 레즈들이란……."

언니는 그거 아니고? 윤나는 생각했지만, 완벽하게 실연당한 순지가 안쓰러워 자중하기로 했다.

재이,
주경,
윤나,
순지

최근 들어 재이는 하루하루가 행복했다. 이 학교에 입학한 후로 복도를 거니는 발걸음이 이렇게 가벼웠던 적이 있었나 싶을 정도였다. 현서와 재결합한 것도, 윤나와 다시 가까워진 것도 좋았다. 모든 일이 잘 풀려 가고 있었다.

교실 뒷문을 열려다가 멈칫했다. 반쯤 열린 문틈으로 교실 한가운데 홀로 앉아 있는 윤나의 뒷모습이 보였다.

윤나는 정면을 바라보며 열변을 토하는 중이었다.

"여자가 걔밖에 없어요? 다른 애한테 관심을 가져 봐요. 우리 학교에 예쁜 애들 많지 않나?"

재이는 문 뒤로 몸을 숨기고 윤나를 지켜보았다. 맥락을 봐서는 실연당한 사람을 달래 주고 있는 것 같았다.

하지만 누구의 실연을 달래는 거지? 교실에는 윤나밖에 없는데.

통화 중일 가능성도 있었다. 바뀐 교칙에 따르면 핸드폰은 등교하자마자 제출해야 했지만, 윤나는 공기계를 내고 자기 핸드폰을 따로 들고 다녔으므로.

그러나 그 가설은 곧바로 깨졌다. 윤나가 손을 머리 위로 허우적거리며 허공을 향해 소리쳤기 때문이다.

"기운 좀 내라고요! 그렇게 축 처져 있지 말고. 진짜 사람 눈치 보이게 하네. 하다 하다 내가 귀신 눈치까지 봐야 되냐고."

귀신?

"재이."

재이가 소스라치게 놀라며 뒤를 돌아보았다. 현서가 멀뚱거리는 표정으로 재이를 보고 있었다.

"안 들어가고 여기서 뭐 해."

재이는 손가락을 입술에 가져다 대고 현서에게 조용히 하라는 신호를 보냈다. 그러다 어깨에 걸치고 있던 가방으로 뒷문 모서리를 건드렸다.

문이 밀리며 꽤 큰 소리가 났다.

이런.

재이는 그 자리에서 얼어붙었다.

"뭔데?"

현서가 답답하다는 듯 물었다.

재이는 천천히 교실 안으로 고개를 돌렸다. 엿듣던 재이를 발견한 윤나의 표정이 귀신이라도 본 사람처럼 새파랗게 질렸다.

"그럴 줄 알았어! 뭐가 있을 줄 알았지! 최윤나가 갑자기 모의고사에서 1등급을 맞을 수 있을 리 없잖아. 사람이 아예 바뀐 것 같았다고."

재이가 가슴을 두드리며 큰소리를 쳤다.

그럴 줄 알았기는 무슨, 의심도 못 하고 있었으면서. 윤나는 속으로 콧방귀를 뀌었다.

"잘됐네. 안 그래도 순지 언니한테 할 이야기 있었는데."

현서가 말했다.

"언니 지금 옆에 있지? 잠깐 얘기 좀 할 수 있을까."

윤나가 순지를 돌아보았다. 순지는 영문을 모르는 듯했지만 고개를 끄덕이고는 윤나의 안으로 들어갔다.

"후문 쪽에 있는 카페예요. 알아요? 나랑 재이는 가 본 적도 있는데."

윤나의 몸을 빌린 순지에게, 현서는 한 카페의 SNS 계정을 보여 주었다.

"처음 봐. 이 카페가 왜?"

순지는 고개를 저었다.

"언니 동창분이 하시는 카페예요. 다른 분들은 못 찾았고, 딱 한 분만 찾을 수 있었어요."

현서가 잠시 멈췄다가 말을 이었다.

"김주경이라는 분, 되게 근처에 계셨던데요."

그 이름을 듣는 순간 윤나는 순지의 마음이, 그리고 자신의 심장이 동시에 내려앉는 것을 느꼈다.

*

주경은 평소와 똑같은 하루를 보내고 있었다.

문이 열리는 소리를 들었지만 벽을 마주 보며 하던 일을 계속했다. 손님이 먼저 말을 시작하기 전까지는 하나하나 반응하지 않는다는 것이 주경의 운영 방침이었다. 그런 주경을 보며 누군가는 불친절하다고 했고, 누군가는 부담스럽지 않아서 좋다고 했다.

운영 방침에 대단한 이유가 있는 건 아니었다. 철학 같은 걸 떠나서 주경은 사람 전반이 싫었고 그게 손님이라고 해서 예외는 아니었다.

주경은 사람이 싫었다. 너무너무 싫었다.

그렇게 사람을 싫어하는 주제에 왜 끊임없이 모르는 사람을 마주해야 하는 카페를 업으로 삼았느냐면, 그건…….

바삐 손을 움직이던 주경의 눈앞 벽에 사람 그림자가 드리워졌다. 주경은 그제야 뒤를 돌아보았다.

포스기 너머에 익숙한 교복을 입은 여자아이 셋이 서 있었다. 그중 한 명은 보기 드물게 짧은 머리카락이었다. 원래 손님이 입을 열기 전까지는 침묵을 고수하는 주경이었지만, 그 아이의 일 센티미터도 되지 않는 머리카락이 고슴도치의 가시를 닮아서 지 있다는 생각이 들어서였을까.

"주문하시겠어요?"

주경이 물었다.

"김주경 언니 맞죠?"

고슴도치 머리가 주경의 눈을 똑바로 보며 말했다.

"저희는 기순고 학생이에요. 20년 전의 일에 대해서 궁금한 게 있어서요."

윤나와 현서와 재이는 카페의 구석진 자리에 앉아서 영업이 끝나기를 기다렸다. 재이가 유튜브를 보고 익혔다며 카드 마술을 보여 주었고, 현서와 윤나는 관심 있게 보는 척을 하며 각자 다른 생각을 했다. 이윽고 모든 손님이 나가고 매장 문이 닫혔다.

주경은 세 사람을 카운터 뒤에 있는 작은방으로 안내했다. 방 한가운데에 나무로 된 원형 테이블과 의자가 놓여 있었다. 살아 있는 사람이 하나씩 의자를 차지하는 동안 귀신은 한쪽 벽면을 채운 커다란 선반 앞을 기웃거렸다. 각종 재료가 견출지 아래로 열 맞춰 정리되어 있었다. 강박적인 보관법에서 동창의 성격이 엿보였다. 순지는 견출지에 적힌 주경의 반듯한 손 글씨를 보며 오래전의 기억을 떠올렸다.

"마실 거 한 잔씩 만들어 줄까요?"

주경이 물었다. 세 사람은 눈을 도록도록 굴리며 서로에게 시선을 떠넘기기만 했다. 주경은 그것을 거절의 뜻으로 이해하고 자리에 앉았다.

"한참 전에 졸업한 사람한테 뭐가 궁금해서 온 거예요?"

"기순고를 원래대로 돌려놓을 방법을 여쭙고 싶어서요."

"원래대로라는 게 뭐죠? 기순고는 처음부터 그런 학교였는데."

주경의 목소리에 날이 섰다.

"얘는 제 여자 친구예요."

현서가 대뜸 재이 쪽으로 손을 뻗었다. 가만히 앉아 있던 재이는 퍼뜩 정신을 차린 얼굴로 고개를 끄덕이며 현서의 손을 맞잡았다.

"저희는 입학하자마자 사귀기 시작했어요. 선생님들도 다 알고 있었지만 뭐라고 하지 않았어요. 그런데 이번 교장이 오면서 모든 게 바뀌었어요. 교장은 기순고를 치유하겠다고 말해요. 저희가 태어나기 전에도 비슷한 일이 있었다고 들었어요. 기순고를 소독하겠다는 계획이 있었고, 그 때문에 많은 사람이 학교를 떠났다고요."

"어디서 그런 이야기를 들었어요?"

주경이 물었다. 윤나는 힐끗 어깨 너머를 돌아보았다. 순지와 윤나의 눈이 마주쳤다.

이번에는 윤나가 대답했다.

"저희한테 그때 이야기를 해 주는 언니가 있어요. 20년 전에 기순고를 다녔던 사람이에요. 주경 언니를 소개해 준 사람도 그 언니고요. 그 언니는 20년 동안 기순고가 바뀌는 걸 지켜봤대요. 변해 가는 기순고의 모습에 기쁘기도 하고 질투가 나기도 했대요. 나도 이런 학교에 다니고 싶었는데 하면서요."

윤나는 잠시 멈춰서 숨을 골랐고, 곧바로 현서가 말을 이어받았다.

“그 언니는 그동안의 변화가 올해 들어 수포로 돌아가는 것 같아 슬프다고 말했지만, 저는 오히려 그 이야기를 듣고 기분이 좋았어요. 기순고는 우리가 태어나기도 전에 이미 한 번 바뀌었다는 뜻이잖아요. 그때의 소독이 멈췄듯 지금의 이 난리도 멈출 수 있다고 믿어요. 그러려면 그때 어떤 계기로 기순고가 변하기 시작한 건지 알아야 해요. 검색하다가 20년 전에 도서관에서 불이 나서 학생 한 명이 죽었다는 기사를 봤어요. 저희 추측으로는 그 일과 소독이 멈춘 게 연관이 있을 것 같아요. 그 언니가 그랬어요, 주경이라면 분명 자신과 함께 도서관에 있었을 거라고. 내가 하려는 일에 주경이 함께하지 않았던 적이 없고, 주경이 하려는 일에 내가 함께하지 않았던 적이 없다고. 그래서 우리는 언니를 찾아온 거예요.”

현서의 말이 끝난 뒤에는 누구도 입을 열지 않았다.

한참 뒤에 주경이 물었다.

“누구예요?”

“네?”

“학생들한테 그 이야기를 해 줬다는 사람. 이름이 뭐예요?”

윤나가 또다시 뒤를 돌아보았다.

“왜 자꾸 뒤를 쳐다봐요?”

주경이 예민한 목소리로 물었다. 상황을 지켜보던 순지가 윤나의 뒤로 바싹 다가와 붙었다.

순지가 윤나의 어깨에 손을 얹었다.

“내가 직접 이야기할게.”

윤나는 눈을 감았다. 어둠 속에서 열린 문을 넘어 들어오는 순지의 모습이 보였다. 윤나는 조종간에서 한 발짝 뒤로 물러났다.

카페 창고 안의 시선이 일제히 윤나에게로 집중되었다. 창고 구석에서 원두 찌꺼기 냄새가 풍겼다. 그 냄새를 맡으며 윤나는 관람자가 되어 자신의 몸이 눈을 뜨는 것을 지켜보았다.

모두가 숨을 죽인 가운데, 윤나의 몸이 말했다.

“주경아.”

주경이 눈을 빠르게 깜박였다. 얇은 눈가가 금세 붉게 변했다. 오늘 처음 만나는 여자아이의 목소리였지만, 주경은 그 목소리에서 오래된 친구를 찾았다.

순지가 주경의 이름을 부르고 있었다.

“묻고 싶은 게 있어. 나는 왜 죽었어?”

순지가 말했다.

"거기까지는 기억나. 그때는 전부 미쳐 돌아가고 있었지. 그중에서 가장 악질이 우리 학교였고. 교장은 기순고에 한 명의 이반도 남기지 않겠다고 했어. 게시판에는 친구들의 사진이 붙었고, 사진이 붙은 친구들은 다음 날 사라졌어. 친구와 시선을 마주하는 것조차 눈치가 보였어. 누군가가 사라지는 게 하나도 이상하지 않던 해였어. 그래서 나는, 나도 그렇게 사라진 줄 알았어. 그것밖에는 생각할 수 있는 게 없었어. 그런데 내가 학교 도서관에서, 그것도 화재로 죽었다니?"

순지가 말을 이어 나가는 동안 주경은 초조하게 자신의 얼굴만 쥐어뜯었다. 눈을 비볐다가 뺨을 긁었다가 아랫입술을 깨물었다. 순지는 하던 말을 잠시 멈추고 팔을 뻗어 주경의 손목을 붙잡았다. 주경은 겁에 질린 얼굴로 자신을 붙잡은 손을 내려다보았다.

"너는 내가 왜 죽었는지 알고 있지?"

순지가 확신에 찬 말투로 물었다.

"아니, 너도 그날 도서관에 있었지? 그러니까 말해 줘. 우리는 왜 도서관에 있었던 거야?"

주경이 순지의 손을 뿌리쳤다. 순지는 손을 거두고 자세를 고쳐 앉았다.

주저하던 주경이 힘겹게 입을 뗐다.

“그때 우리는…… 수업을 중단시키는 정도는 돼야 우리 목소리가 들릴 거라고 생각했어. 학교를 차지하고 선생님들이 들어오지 못하게 막았어. 그런데 학교는 우리를 강제로 끌어내려고만 했고……. 우리는 그대로 끝낼 수가 없어서 도서관으로 도망쳐서 문을 막았어. 너랑 나만 있었던 건 아니야. 그날 그곳에는 너랑 나, 그리고 은아, 민하랑 유정이가 있었어. 그렇게 도서관 안에서 버티고 있었는데 어디선가 연기가 피어올랐어. 우리는 창문을 통해 옥상으로 도망치려고 했어. 너는 모두가 빠져나갈 때까지 도서관에 남아 있었어. 그런데, 마지막으로 순지 네가 창문 밖으로 나오려던 순간에…….”

주경이 눈을 질끈 감았다.

창고는 고요했다. 주경은 다문 입을 다시 열지 않았다.

“다른 애들은 어떻게 지내?”

침묵을 깨고 순지가 물었다.

“민하는 자퇴했고, 유정이는 다른 지역으로 갔어. 기순고를 졸업한 건 나 혼자야.”

“은아는?”

“은아…….”

"은아는 어떻게 됐는데?"

순지가 주경을 재촉했다.

"죽었어."

주경이 말했다.

"자기 방에서."

윤나도 순지도 아무 말이 없었다.

"언니, 괜찮아요?"

현서가 순지에게 물었다.

"윤나야?"

재이는 걱정스러운 목소리로 윤나를 불렀다.

윤나는 바닥에 무릎을 대고 엎어져 토하기 시작했다. 검고 진득한 것이 목구멍을 타고 쏟아져 나왔다. 재이와 현서가 양옆에서 윤나를 감싸안았다. 윤나는 몇 차례 딸꾹질과 기침을 반복하며 안에 쌓인 모든 불순물을 게웠다. 상실감과 홀가분함을 동시에 느끼며 자신이 토해 낸 것을 보았다.

순지 언니와 같이 쓰는 동안 몸 안에 이런 것들이 쌓이고 있었구나. 혼자 쓰라고 만들어진 몸뚱이를 억지로 공유하고 있었으니 당연한 결과일지도 몰랐다.

"괜찮아?"

윤나는 고개를 치켜들고 두리번거렸다. 걱정스레 자신을 내려다보는 세 사람의 얼굴이 보였다. 그러나 윤나가 찾는 얼굴은 보이지 않았다.

"순지 언니가 사라졌어."

순지가 없었다.

윤나의 안에도, 윤나의 바깥에도.

2005년 겨울

"학교는 우리를 지켜야 해. 설령 집이 우리를 쫓아내더라도, 학교만큼은 우리를 보호해야 한다고. 우리를 위해 만들어진 곳이잖아."

그날, 50여 명의 학생이 새벽을 틈타 학교에 모였다. 이야기를 듣고 달려와 준 근처 학교 친구들도 있었다. 기순고가 쫓아낸 아이들은 그 아이들의 친구이기도 했다. 다들 알고 있었다. 기순고에서 벌어지고 있는 일이 언제까지나 기순고만의 문제로 머물지만은 않으리라는 것을.

본관의 모든 출입구를 걸어 잠그고 의자와 책상으로 바리케이드를 쌓았다. 3층 교무실 창문 밖으로 현수막을 내걸었다.

더는 우리를 쫓아내지 마세요.

날이 밝았다. 순지는 운동장에 몰린 인파를 내려다보았다. 출근하지 못하거나 등교하지 못한 사람들이 의아한 얼굴로 건물을 올려다보고 있었다.

이제는 돌이킬 수 없게 되었어. 마음이 두려움과 설렘으로 요란해졌다.

교무실의 전화기가 울렸다. 은아가 전화를 받았다.

"경찰 말고, 저희는 선생님이랑 얘기하고 싶어요."

수화기 너머로 알아듣기 힘든 고함이 뭉개졌다. 은아는 얼굴을 찌푸리며 귀에서 수화기를 살짝 뗐다. 스피커 버튼을 누르자 교무실의 모두가 목소리를 또렷하게 들을 수 있게 되었다. 목소리는 무엇을 위해 이런 짓을 벌이느냐고 했다. 이러고도 너희가 무사할 줄 아느냐고 했다. 웃긴 소리였다. 어차피 순지가 사랑하는 친구 중에 몸과 마음이 무사한 사람은 없었다.

"소독에 관여한 선생님들이 빠짐없이 사과하기를 바랍니다. 두 번 다시 이런 상황을 만들지 않겠다는 약속을 받고 싶습니다. 시위에 참여한 학생들을 징계하지 않겠다는 확답도 필요해요."

은아는 잠시 말을 멈추고 상대에게 대답할 틈을 주었다. 그러나 상대는 일방적인 분노로 대답을 대신했다. 순지는 쩌렁쩌렁한 목소리가 듣기 힘들어 손가락으로 귓구멍을 틀어막았다.

"소리만 지르실 거면 저희도 통화하고 싶지 않아요. 대화할 마음이 생기시면 그때 다시 전화하세요."

은아가 수화기를 내려놓았다. 또 전화벨이 울렸지만 받지 않았다. 은아는 인내심을 갖고 전화벨이 연속으로 울렸다가 끊기는 것을 지켜보았다. 누군가 슬슬 받아야 하는 것 아니냐 물었다. 은아는 고개를 저었다. 이내 전화벨이 완전히 잠잠해졌다.

"왜 다시 안 걸지?"

"자기들끼리 얘기해 보고 연락하겠지. 기다려 보자. 쉽게 끝나지는 않을 줄 알고 있었잖아."

잠시 동안의 시간이 영원 같았다. 교무실 안에서 작은 분열이 일었다. 누군가는 은아의 강경한 태도를 탓했다. 누군가는 벽걸이 시계를 올려다보며 손톱 거스러미를 찢었다. 순지는 간간이 은아 쪽으로 시선을 두었다. 표정만큼은 침착한 듯 보이는 은아도 손을 가만히 내버려두지 못하고 있었다.

한 시간쯤 지나 전화벨이 울렸다. 이번에도 은아가 수화기를 들었다. 건너편에서 누그러든 목소리가 흘러나왔다.

"나와서 이야기하자. 관련 없는 학생들은 무슨 죄니? 수업은 해야 할 거 아니야."

"공식적으로 사과문을 발표하세요. 그러면 나갈게요."

"잘 생각해. 나중에 이걸 어떻게 수습하려고 그래? 아직은 안 늦었으니까, 지금이라도 나오면 없던 일로 할 수 있어."

"없던 일로 만들 생각 없어요. 우리가 왜 이렇게까지 하는데요. 우리라고 조용히 있다가 적당히 졸업하고 싶은 마음이 없었는지 아세요? 수업을 며칠이나 빠지게 되든 상관없어요. 그건 선생님들한테나 문제겠죠. 우리한테는 아무 상관 없다고요."

은아는 복받친 목소리로 말을 쏟아붓고 수화기를 내려놓았다.

전화벨은 한참 울리지 않았다. 또 영원을 닮은 시간이 흘렀다.

마침내 다시 전화벨이 울렸고, 선생님은 지친 어조로 말했다.

"내일 아침에 입장문을 발표할게."

"입장문 말고 사과문이요. 내일 아침 말고 지금 발표해 주세요. 여기서도 학교 홈페이지를 확인할 수 있어요."

"너희는 모르겠지만 이런 일에는 앞서 처리해야 하는 절차가 있어. 우긴다고 되는 일이 아니야."

"사과문을 확인하기 전까지는 나가지 않아요."

"알아서 해라. 추운 데서 밤새 떨다가 얼어 죽는 건 너희 사정이지."

이번에는 선생님이 먼저 전화를 끊었다. 은아는 기계음을 내뱉는 수화기를 천천히 내려놓았다.

운동장에서 확성기 소리가 들렸다. 창가에 있던 아이들이 밖을 내다보았다. 그곳에는 어른들만 남아 있었다.

몇몇은 운동장에서 자신의 가족을 발견했다. 저기 있다. 저기 있네. 안 왔나? 지금 회사에 있을 시간이지. 왜 여기 있지? 누가 오랬나. 반가움과 슬픔, 아쉬움과 안도 속에서 순지는 굳이 누군가를 찾기 위해 품을 들이지 않았다. 그럴 필요가 없는 사람도 있는 법이었다. 순지는 그 사실이 부끄럽지 않았다.

"우리가 돌아가기를 원한다면 학교를 설득하세요."

한 아이가 손나팔을 만들어 외쳤다.

본관 건물은 추웠다. 외풍 탓인지 바깥보다 실내가 더 서늘한 것 같았다. 전기는 몇 시간 전부터 들어오지 않았고 수도도 끊겼다. 변기 물을 내리지 못해 화장실에서 시작된 지린내가 복도에 진동했다. 챙겨 온 생수와 음식들이 있었지만 충분하지는 않았다. 물을 끓일 수 없어 아이들은 생라면을 부숴 먹었다.

창밖에 바글바글하던 사람들은 어느새 흩어지고 없었다. 깜깜해진 하늘 아래 운동장부터 학교 입구까지 텅 비어 있었다. 아마 강제로 해산시킨 것 같았다. 아이들은 그만 나가자는 쪽과 내일 아침까지 버티자는 쪽으로 나뉘었다.

은아는 이대로 나가서는 안 된다는 쪽이었다.

"지금 나가면 징계만 받고 끝날 거야. 아무것도 달라지지 않아."

순지도 나가고 싶지 않았다. 꼭 선생님들을 믿지 못해서만은 아니었다. 추위에 덜덜 떨면서도 순지는 친구들과 있는 지금이 좋았다. 이상한 말이라는 걸 알지만 진심이었다.

손발이 얼음장처럼 차가워지기 시작하면서 떠나겠다는 목소리가 커졌다. 밖에 사람이 없음을 꼼꼼히 확인하고 뒷문을 막고 있던 바리케이드를 치웠다. 먼저 돌아가는 쪽과 남기를 선택한 쪽은 오래 서로를 끌어안았다. 서로에게 해 주고 싶은 말들을 나누었다.

"내일 보자."

먼저 돌아가는 쪽이 말했다. 남기를 선택한 쪽은 손을 흔들었다. 순지는 그들이 무사히 집에 도착하기를 바라며 담벼락을 따라 앙상하게 드리워진 나뭇가지를 올려다보았다. 떠나는 쪽을 배신자라고 부르며 배웅하러 나오지 않은 사람들도 있었다. 그들까지 전부 포함해 본관에는 이십여 명이 남았다.

"저기, 누가 온다. 여러 명이야."

친구들을 배웅하고 시간이 제법 흘렀을 때, 한 아이가 창밖을 가리켰다. 마스크를 써서 얼굴을 가린 사람들이 본관 정문으로 다가오고 있었다. 열댓 명은 되어 보였다.

"선생님은 아닌 것 같은데."

"경찰인가?"

"유니폼을 안 입고 있잖아."

그들이 정문 앞에 설 때까지만 해도 아이들은 믿지 않았다. 설마 유리가 깨지리라고는, 그런 일이 벌어지리라고는. 아이들은 서서히 다가오는 가능성을 필사적으로 무시했다.

마스크를 쓴 사람들은 챙겨 온 물건으로 유리문을 깨기 시작했다. 능숙한 움직임에는 주저가 없었다. 아이들은 비명을 지르며 뿔뿔이 흩어졌다. 순지는 4층 도서관으로 도망쳤다. 도서관에는 복도 방향으로 난 창문이 없으므로 그나마 안전할 것 같았다. 안에서 문을 잠그고 힘을 합쳐 책장을 밀었다. 마침내 책장이 쓰러지자 꽂혀 있던 수백 권의 책이 우르르 쏟아졌다.

쿵.

문이 흔들렸다.

순지는 숨을 삼켰다.

잠시 후 손잡이 쪽을 단단한 것으로 두들기는 소리가 났다.

바깥은 시끄럽다가 다시 조용해졌다. 조용하다가 다시 시끄러워졌다. 몇 차례 시도와 실패가 이어진 뒤에야 잠잠해졌다. 욕설과 함께 발소리가 멀어졌다.

도서관으로 도망친 다섯은 가까이 모여 앉아 덜덜 떨었다. 두렵기 이전에 분하고 억울하여 온몸이 떨렸다. 도서관 밖에서는 어떤 일이 벌어지고 있을까. 여기로 오지 못한 친구들은 어디르 도망쳤을까. 잘 도망치기는 했을까. 붙잡힌 친구들은 어떻게 되었을까.

바리케이드가 무너지는 일은 시간문제였다. 순지는 고개를 무릎에 파묻었다. 옆에서 훌쩍이는 소리가 들렸다.

"얘들아, 나 어떡해?"

얼마간의 시간이 지났다. 침묵을 깨고 은아가 돌연 자리에서 일어났다. 순지는 놀라서 은아를 보았다. 제일 강경하던 은아의 목소리마저 떨리고 있었기 때문이다. 다들 비슷한 생각을 했는지 겁에 질린 얼굴로 은아를 올려다봤다.

"나 화장실 급한데."

은아는 샛노래진 얼굴로 체육복 바지춤을 움켜쥐었다.

순지는 덮고 있던 무릎 담요를 은아에게 던졌다. 은아는 쏟아지는 야유를 피해 도서관 맨 구석으로 도망쳤다.

"일단 여기다 쌀게."

모습을 감춘 은아가 소리쳤다.

"박은아 더러워."

"더러워? 너희 이따가 오줌 마렵다고 하기만 해 봐."

으름장을 놓던 은아가 조용해졌다. 일을 보려고 그러나 싶었는데 다시 목청을 높여 요구했다.

"애들아, 노래라도 불러 줘. 나 부끄러워."

"너나 불러!"

"여럿이서 불러야 소리가 묻히지. 나 오줌발 장난 아니라고."

애들은 민망한 표정으로 눈치를 볼 뿐 선뜻 노래를 시작하지 않았다.

다들 미루는 와중에 순지가 나섰다.

"내가 불러 줄게."

부르고 싶은 노래가 생각났기 때문이었다. 견디지 못하고 가장 먼저 학교를 떠났던 그 애가 좋아하던 노래였다.

그 애의 책상에는 언제나 그 남자 듀오의 사진이 붙어 있었다. 순지는 발라드에도 R&B에도 관심이 없었지만, 그 애와 대화할 거리를 만들고 싶어서 그들의 노래를 들었다. 지난여름 그 듀오가 기존 소속사를 떠나 새로운 회사로 이적했을 때, 그 애는 불안해하기보다도 기뻐했다. 그들이 더 자유롭게 하고 싶은 음악을 할 수 있게 될 거라고 했다. 순지는 사진을 둔지르며 들떠 하던 얼굴을 생생히 기억했다.

순지는 대단한 명창은 아니었다. 솔직히 하이라이트를 빼면 그 노래를 잘 기억하지도 못했다. 음정이나 가사를 모르는 부분은 얼버무렸다. 아이들은 순지의 노래 실력을 비웃다가 은근슬쩍 합류해서 같이 불렀다. 어쨌든 구슬픈 노래를 부르다 보니 마음이 무거워져서, 순지는 좀 더 신나는 노래를 선택할 걸 그랬나 후회했다.

노래가 끝날 즈음 은아가 바지를 올려 입으며 돌아왔다. 은아가 허리 고무줄을 당겨 리본을 묶는 동안 주경이 또 다른 노래를 부르기 시작했다. 순지는 애들의 눈동자가 그다음으로 부르고 싶은 노래를 생각하느라 번뜩이는 것을 보았다.

몇 곡인가를 부른 뒤에 순지는 덥다고 생각했다. 조금 전까지만 해도 소름이 돋도록 추웠는데 이제는 땀이 나도록 더웠다. 등과 목덜미의 땀샘이 터진 와중에도 순지는 친구들과 나누어 낀 팔짱을 풀지 않았다.

공기가 뜨거웠다. 곤히 잠들었던 순지는 가장 늦게 일어났다.

무거운 눈꺼풀 틈으로 연기가 자욱한 도서관이 보였다. 꿈결처럼 건물 바깥에서 사람들이 고함을 쳐 대고 있었다. 먼저 깨어난 애들이 막 정신을 차리기 시작한 애들을 붙잡고 울부짖었다.

바싹 마른 겨울 공기. 쩍쩍 갈라진 고동색 의자와 책장들. 조금만 세게 쥐어도 바스러질 듯한 미색의 종이들. 도서관 입구는 바리케이드가 가로막고 있었다. 살기 위해 쌓은 바리케이드였다. 힘을 합쳐 그것을 치우려 했지만 뜻대로 되지 않았다. 의지와는 관계없는 기침이 터져 나왔다. 순지는 옷소매로 코와 입을 틀어막고 운동장 방향으로 난 창문을 열어젖혔다. 창틀을 딛고 옥상으로 대피할 수 있을 것 같았다.

순지는 손에 잡히는 대로 애들을 떠밀었다. 한 사람이 창문 밖으로 몸을 빼고 창틀을 움켜쥘 때마다 운동장에서는 절규와 비명이 터졌다. 모두가 이들이 살기를 바라고 있었다. 그 마음은 순지도 같았다.

순지는 살고 싶었다. 다 같이 살아서 나가고 싶었다. 살아서 그다음을 이야기하고 싶었다. 그러기 위해 싸울 각오를 했던 것이잖아.

가장 마지막으로 순지가 창틀에 올라 몸을 밖으로 뺐다. 머리 위로 친구들이 뻗은 팔이 드리워져 있었다. 순지는 창틀을 딛고 서서 자신을 기다리는 친구들을 향해 손을 뻗었다. 뻗었다고 생각했다. 원한 적 없는 연기를 마신 탓일까 머리가 어지러웠다.

이상한 일이었다.

왜 은아의 손바닥이 점점 멀어지는지.

백순지, 하고 외치는 은아의 목소리를 들은 것이 맞을까?

모든 기억을 되찾은 지금에 와서도 그것만큼은 확신할 수 없었다.

윤나

복도의 불이 꺼졌다. 발소리가 한참 동안 들리지 않았다. 윤나는 숨어 있던 화장실 칸에서 나왔다. 맞은편 칸도 열리더니 재이가 얼굴을 내밀었다. 재이는 화장실 밖을 눈짓으로 가리켰다.

"갈까?"

"가자."

두 사람은 발뒤꿈치를 들고 도서관으로 향했다. 문을 조심스럽게 열고 닫았다. 어둠 속에서 책장과 의자를 이리저리 지나쳐 가장 안쪽에 놓인 소파에 도착했다.

"한현서, 나와."

윤나는 소파를 향해 핸드폰 플래시를 비추며 속삭였다.

소파 뒤에서 현서의 얼굴이 불쑥 솟았다.

"부모님한테는 뭐라고 했어?"

"윤나네서 하루 잔다고."

재이가 대답했다.

"윤나 너는?"

현서가 이어 물었다.

"나는 심재이네서 하루 잔다고 했는데."

윤나가 대답했다.

소파 옆 바닥에 담요를 깔았다. 셋이 빈틈없이 붙으면 비좁은 듯 아닌 듯 팔뚝을 맞대고 엎드려 있을 수 있었다. 책 더미 위에 재이가 가져온 접이식 스탠드를 놓았다. 스탠드 불빛에 의존해 노트북을 열고 영화를 틀었다.

노트북에서 흘러나오는 영화 소리는 온 신경을 집중해야만 들을 수 있을 만큼 작았다. 세 사람은 아무 말도 없이 영화에 몰입했다. 그러다 배고파지자 과자를 나누어 먹기로 했다. 과자 봉지 뜯는 소음과 과자 씹는 소리가 인물들의 대사 위로 자박자박 깔렸다.

상영이 끝나고는 영화에 관한 이야기를 나누었다. 현서는 영화를 보는 동안 생각나는 책이 있었다고 했다. 책장 사이를 오가더니 책을 몇 권 꺼내 왔다. 윤나는 현서가 고른 책이 재미없었고 그래서 자기가 좋아하는 책을 찾아서 보여 주었다. 재이는 소파에 누운 채로 현서와 윤나가 가져온 책을 몇 장씩 넘겨 보다 가장 먼저 잠들었다.

윤나는 잠든 재이의 눈썹을 엄지로 훑어보았다. 서툴게 그린 짱구 눈썹. 푸흐흐 웃음이 나왔다.

스탠드 불을 끄고 담요 위에 누웠다. 바닥이 딱딱해서인지 잠이 오지 않았다. 연신 뒤척거리는 것으로 보아 현서도 마찬가지인 듯했다. 얘는 그동안 어떻게 이런 데서 혼자 잠을 청했나 싶어 기분이 이상했다.

“순지 언니는 아직도 안 돌아온 거지?”

현서가 말을 꺼냈다.

“응.”

윤나가 대답했다.

“어디로 간 걸까?”

“그러게.”

윤나는 깜깜한 도서관 천장을 올려다보았다. 천장을 유영하듯 날아다니던 순지의 모습이 생각났다.

당장이라도 불쑥 나타날 것 같은데, 대체 어디로 간 걸까. 또 ‘소멸’해 버린 걸까. 하지만 그때는 금방 돌아왔었는데. 벌써 일주일이 지났다. 이번에야말로 돌아오지 않을지도 몰랐다. 윤나는 소멸이란 단어를 입에 올리며 활짝 웃던 순지를 떠올렸다. 실은 이게 순지 언니가 원하던 결말인 걸까. 20년간 학교에 갇혀 지내는 것이 지긋지긋하여 차라리 영원히 사라지고 싶다 생각했었을까.

윤나는 아무 말 없이 몸만 뒤척였다.

잠시 뒤에 현서가 다시 입을 열었다.

"언니는 안 무서웠을까? 걔들이 우리 동아리에 쳐들어왔을 때 있잖아, 나는 솔직히 무서웠거든. 그래서 너한테 반응하지 말라고 했던 거거든. 언니는 원래 겁이 없는 사람이었을까? 원래라는 게 살아 있었을 때도 말이야. 그러니까 학교 점거 같은 일도 벌일 수 있었던 걸까. 그래서 도서관에서도 가장 늦게 나가려고 했던 걸까. 용감하고 겁이 없는 사람이어서……."

"모르겠네."

"이야기를 들은 뒤로 밤마다 그 장면을 상상해. 쫓겨난 끝에 도착한 도서관에서 마지막까지 버텼을 순지 언니를 말이야. 그런 식으로도 할 수 있었구나 싶어서 놀랐어. 나는 언니처럼 할 수 있었을까? 내가 그 상황이었다면 그럴 수 있었을까? 그런 생각도 들고."

윤나는 가만히 현서의 말을 들었다. 현서는 혼잣말처럼 이야기를 이어 나갔다.

"순지 언니가 죽고 나서야…… 바뀌는 척이라도 한다니……. 정상화 같은 소리를 운운하면서…… 결국 원점으로 돌아갈 거라면. 이 세상은 주기적으로 누군가가 죽어야만 정신을 차리는 걸까."

현서가 잠시 말을 멈추었다.

"이번만큼은 빼앗기고 싶지 않아. 그런 생각을 했어."

윤나는 현서의 말을 곱씹다가 잠들었다. 오늘은 여러모로 깊게 잠들기는 힘들 것 같았다.

간신히 잠들었던 윤나는 눈꺼풀 너머가 번쩍거려 눈을 떴다. 경비 아저씨의 손전등 불빛이 윤나를 환하게 겨냥하고 있었다.

*

중년의 남성이 교무실 안으로 들어왔다. 윤나는 그가 현서의 아버지라는 사실을 알았다. 현서가 그 아저씨를 죽일 것처럼 노려보았기 때문이다.

현서의 아버지는 현서를 보지도 않고 지나쳤다. 대신 재이와 윤나의 앞에 섰다.

"누가 심재이냐?"

재이의 눈동자가 흔들렸다. 현서의 아버지가 재이의 얼굴을 빤히 보더니 뺨을 후려쳤다. 재이의 고개가 옆으로 꺾였다. 윤나는 자신의 귀를 뚫고 지나가는 이명을 들었다. 맞은 사람은 재이인데 윤나의 얼굴이 덩달아 욱신거렸다.

"아버님! 뭐 하시는 거예요. 아무리 그래도 학생한테 이러시면 안 돼요. 곧 재이 부모님도 오실 텐데요."

선생이 현서의 아버지를 말리는 사이 윤나는 재이를 살폈다. 재이는 고개를 푹 숙이고 있었다. 맞은 부위가 서서히 붉어졌다.

"으아아아!"

현서가 괴성을 지르며 달려들어 아버지의 팔뚝을 물어뜯었다. 현서의 아버지가 고함을 질렀다. 현서는 한 번 문 살점을 뱉지 않았다. 현서의 아버지는 손바닥으로 현서의 이마를 밀다가, 그래도 떨어지지 않으니 주먹으로 정수리를 내려쳤다. 현서가 양팔로 머리를 감싸고 바닥에 나뒹굴었다.

"아버님, 일단 집에 가셔서 아이랑 이야기를……."

현서의 아버지는 선생을 뿌리치고 쓰러져 있는 현서의 뒷덜미를 잡아 일으켜 세웠다. 현서가 악을 썼다.

"집에서 나가라며! 나가래서 나가 줬더니 왜 지랄인데! 그동안 찾을 생각도 없었으면서!"

현서는 온몸에 힘을 실어 버텼다. 그러나 아버지는 현서의 몸이 기울든 말든 상관하지 않고 손목을 억지로 잡아끌었다.

"나 이대로 가면 죽어요. 진짜 죽는다고. 살려 줘!"

윤나가 벌떡 의자에서 일어났다. 현서의 아버지가 윤나를 노려보았다. 선생이 윤나의 팔을 잡고 고개를 저었다. 그러는 사이에 교무실 문이 닫혔다.

"괜찮니?"

선생이 재이에게 종이컵에 담긴 물을 건넸다.

"폭력은 쓰시면 안 되는 건데. 아버님이 백번 잘못하셨지. 세대가 다르니까…… 기다리면 너희를 이해해 주시는 날도 올 거야. 그러니까 너희도 마음을 조금만 열어 줬으면 좋겠다."

재이는 물을 입에 잠시 머금고 있다가 그대로 바닥에 뱉어 버렸다. 선생이 뭐 하는 짓이냐며 재이를 야단쳤다. 윤나는 재이가 뱉은 물이 피와 섞여 발갛게 변해 있는 것을 보았다.

"이해고 뭐고, 저는 그냥 맞는 게 싫을 뿐이에요."

재이가 말했다.

뒤이어 도착한 재이의 부모님은 현서의 아버지를 고소하겠다고 펄펄 뛰었다. 학생이 맞는 걸 보고만 있었느냐고 선생에게도 소리를 질렀다. 그 틈에서 재이는 제발 집으로 가자며 부모님을 말렸다. 재이는 부모님의 행동을 부끄러워하는 듯했지만 윤나는 내심 재이가 부러웠다.

마지막으로 남은 윤나는 의자에 앉아 다리를 앞뒤로 흔들며 벽시계를 올려다보았다. 마침내 엄마가 교무실 문을 열고 들어왔다.

학교 밖으로 나와 택시를 기다리는 동안 엄마는 아무 말도 하지 않았다. 익숙한 침묵 속에서 윤나는 괜히 손톱이나 내려다보았다.

택시 안에서 엄마가 입을 열었다.

"정신 차리고 공부나 열심히 해, 제발."

윤나,

순지

현서는 등교를 그만두었다. 연락도 되지 않았다. 1반 담임에게 물었더니 결석 사유는 개인 정보라 알려줄 수 없다고 했다. 언제부터 개인 정보 귀한 줄 알았다는 건지 기가 찼다.

이러지도 저러지도 못하고 시간만 흘려보내던 주말에 핸드폰이 울렸다. 모르는 번호로부터 걸려 온 전화였다. 혹시 현서와 관련된 일일까 싶어 윤나는 전화를 받았다.

"윤나! 나 한현서야."

핸드폰 너머로 카랑카랑한 목소리가 울렸다. 윤나는 벌떡 자리에서 일어났다.

"한현서! 왜 학교 안 와. 너 괜찮아?"

"괜찮아, 괜찮아. 지금은 그런 말 할 시간 없어. 일단 내 이야기부터 들어."

"너 지금 어디야? 이건 누구 폰이고?"

"엄마 핸드폰 훔쳤어."

"뭐?"

"그럼 어떡해? 내 핸드폰은 아빠가 부쉈는데."

현서가 짜증을 냈다.

"닥치고 좀 들어 봐. 나한테 학교를 정신 차리게 할 아이디어가 있어."

"무슨 아이디어?"

"일단은 학교로 와. 내가 재이도 불렀어."

"학교에? 왜?"

"오면 알아. 시간이 없다니까. 얼른!"

일방적으로 전화가 끊겼다.

외출복으로 갈아입는 도중에 다시금 핸드폰이 울렸다. 이번에는 전화가 아니었다. 현서의 SNS 계정에서 라이브 방송이 시작되었다는 알림이었다.

라이브에 들어가니 오랜만에 보는 현서의 얼굴이 있었다. 그 사이에 살이 더 빠진 것 같았다. 현서는 거울을 보듯 핸드폰 화면에다 자신의 얼굴을 이리저리 비추어 보았다. 손바닥을 펼쳐 짧은 머리카락을 앞뒤로 쓸었다. 현서가 핸드폰을 조작해 화면을 후면 카메라로 돌렸다. 활짝 열린 창문 너머로 학교 운동장이 보였다. 윤나는 그 풍경을 알아보았다.

현서는 한동안 현서의 집이었던 바로 그곳에 있었다. 학교 도서관이었다.

"여러분, 백순지가 누구인지 알아요?"

현서가 화면을 다시 전면 카메라로 바꾸며 외쳤다.

"20년 전에 여기서 죽은 사람이에요. 학생들을 보호하라고 학교에 요구하다가 죽었어요. 그동안 우리가 학교에서 그나마 안전하다고 느낄 수 있었던 건 전부 순지 언니 덕분이에요. 우리는 기순고의 그런 면이 좋아서 여기를 선택했잖아요. 그런데 지금의 기순고는 왜 이렇게 됐죠? 시간이 충분히 지나서 이제는 없던 일로 할 수 있겠다고 생각한 걸까요? 마치 아무도 죽은 적 없었다는 것처럼."

윤나의 심장이 기분 나쁘게 두근거렸다. 윤나는 정신없이 학교를 향해 뛰었다. 손에 쥔 핸드폰에서는 계속해서 현서의 목소리가 흘러나왔다.

"이대로 집에 가면 죽는다고, 나는 분명히 말했어요. 그런데도 학교는 우리 아빠한테 나를 던져 줬어요. 나는 도서관에서 지내는 동안 진짜로 즐거웠어요. 춥고 불편해도 재미있었어요. 그러니까 나도 이왕이면 여기서 죽을래요. 귀신이 돼서 학교를 끝까지 지켜볼 거야. 나를 이렇게 만든 사람들을 저주할 거야. 내가 왜 죽는지 꼭 기억하세요. 그건 기순고가 순지 언니의 무덤에 했던 약속을 잊었기 때문이에요.”

이미 운동장에 사람이 몰려 있었다. 도서관 창틀에 아슬아슬하게 걸터앉아 있는 현서가 보였다. 윤나는 고개를 두리번거리며 재이를 찾았다. 재이는 본관 입구에서 사람들에게 붙잡혀 있었다.

“안에 이미 선생님들이 들어가 계셔. 너까지 간다고 해서 될 일이 아니야.”

누군가 말했지만, 재이는 울고불고 현서를 향해 알아들을 수 없는 비명을 질렀다. 현서가 그에 대답이라도 하듯 소리쳤다.

“심재이! 더 좋은 여자 만나! 귀신 돼서 지켜볼게!”

팔을 잡힌 채 발버둥 치는 재이의 얼굴이 터질 것처럼 시뻘겠다. 윤나는 멍하니 현서가 앉은 창틀을 올려다보았다.

현서가 이번에는 윤나를 삿대질하며 악을 썼다.

“윤나야! 나 이번에 죽으면 나도 소환해 줘. 그러면 찾아갈게!”

재 지금 뭐라는 거야, 진짜로 뭐라는 거야.

윤나는 새하얘진 머릿속에서 무언가 논리적인 생각을 해 보려고 애썼다. 하지만 한번 조각난 정신은 다시 온전해지지 못했다. 현실감이 없었다. 이 모든 게. 전부 꿈인 것 같았다. 호흡이 가빠졌다. 윤나는 뒷걸음질을 쳤다.

등 뒤로 익숙한 목소리가 들렸다.

"괜찮아."

윤나가 고개를 돌렸다. 촌스러운 보라색 체육복.

순지가 윤나의 어깨를 스치고 지나갔다.

"언니, 그동안 어디……."

그동안 어디 있었어요? 윤나가 묻기 전에 순지는 이미 저만치 멀어져 있었다.

현서가 창틀을 붙잡은 손을 놓았다. 사람들이 일제히 비명을 질렀다. 순지는 비명으로 이루어진 불협화음을 계단 삼아 사뿐히 현서를 향해 날아올랐다.

*

그러지 않았어야 했을까? 우리가 그날 그곳에 있었던 것이 잘

못이었을까? 순지는 생각해 보았다. 하지만 답은 간단했다. 다시 돌아가도 나는 그곳에서 친구들과 함께했을 거야. 생라면을 부수어 먹고 생수를 나누어 마시고 노래를 불렀을 거야.

주경의 카페에서 순지는 거의 모든 것을 기억해 냈다. 자신이 죽음의 목전에서 무엇을 바랐었는지까지도 포함하여.

주경은 모르고 순지는 아는 사실이 하나 있다. 순지는 마지막 순간에 은아의 손을 보았으나 잡지 않았다. 몸이 뒤로 기울어지도록 내버려두었다.

순지가 마지막으로 바랐던 것. 아주 간절히 기도했던 것. 그것은 온전한 소멸이었다.

죽는 데 무슨 이유 같은 게 필요해. 그냥 지긋지긋해서 그랬던 거지. 더 살고 싶지가 않아서. 이 세상이 싫으니까. 다 끝내고 싶으니까.

눈을 감는 것과 뜨는 것의 차이를 알지 못했던 날들. 나중에 어떤 보상으로 돌아온다 해도 견딜 가치가 없어 보였던 고통. 사는 게 죽음보다 못하다고 자주 생각했었다. 고통을 멈출 수 있다면 죽는 건 그럴싸한 선택지처럼 보였다.

정말 삶이 죽음보다 못했을까? 이미 죽어 버린 지금도 순지는 아니라고 말하기가 망설여졌다. 사는 게 끔찍했던 건 사실이기 때문이다. 그 시절의 고통은 여전히 생생했다. 만약 계속 살아 있었다면 얼마나 더 그런 고통을 겪어야 했을지 모를 일이다. 그러니 죽음을 후회하지는 않았다. 솔직히 말하면 그랬다.

그런 주제에 은아가 죽었다는 사실을 알았을 때는 아팠다. 이십 년 뒤에야 찾아온 부고. 은아도 똑같은 마음을 느꼈겠지 짐작하면서도 순지는 끝내 은아를 원망할 수밖에 없었다.

살아 있을 때는 먼저 떠난 친구들에게 종종 화를 냈다. 그들을 죽도록 내버려둔 세상에도, 덜컥 죽어 버린 친구들에게도. 어떻게 나를 두고 떠날 수가 있느냐고 이미 죽은 사람을 저주했다. 왜 더 살아 보려고 발버둥 치지 않았어. 왜 죽어 버린 거야. 왜 끝까지 버티지 않았어. 아무리 괴로워도 살아 있다는 게 중요한 건데…….

결국에는 나도 죽어 버린 주제에.

위선적이고 의미 없는 말. 무책임하고 이기적인 소리.

은아도 나처럼 20년째 죽은 장소를 떠나지 못하고 있을까?

주경은 은아가 자신의 방에서 죽었다고 했다. 순지는 언젠가 놀러 가 보았던 은아의 집을 기억했다. 침대 하나를 놓으면 꽉 찰 만큼 좁디좁았던 은아의 방. 그곳을 여태 맴돌고 있을지도 모르는 은아.

순지는 은아가 진작 소멸했기를 진심으로 바랐다.

그러니까 현서야, 세상이 갈수록 끔찍해져만 간다는 걸 알지만. 애써 바꿔 온 것들이 원점으로 돌아가는 것 같아 막막하다는 걸 알지만. 모두가 너를 죽으라고 떠미는 것 같은 기분을, 정말 진심으로, 나도 잘 알지만. 너를 바보 취급하려는 게 아니야. 가르치려는 것도 아니야. 네가 죽지 않아야 하는 이유를 나는 하나도 댈 수가 없어. 내가 어떤 말을 해도 너한테는 충분한 이유가 되지 못할 거야. 살아야 하는 이유도 마찬가지로, 내가 무엇을 미끼로 너를 붙잡으려 하더라도 그걸 네가 이미 생각해 보지 않았을 리 없지. 너는 죽어 버린 주제에 왜 나한테만 살기를 강요하느냐고 물으면 대꾸할 말도 없어. 그걸 알지만, 그래도. 그래도 너는 살아 있어 주기를 바라. 그런데 현서야, 변명처럼 들릴지는 모르겠지만. 내가 죽어 봤으니까 하는 얘기인데, 죽음 이후는 정말 지루해. 지루하고 끔찍하지. 너 재미없는 건 질색이잖아. 그러니까…….

한 번만 믿어 줄래?

*

현서의 몸이 둥실 떠올랐다. 바람에 실린 깃털처럼 허공에 머무르다 아주 느리게 가라앉기 시작했다. 웅성거리는 사람들 사이에서 윤나만이 그들이 보지 못하는 것을 보았다. 순지가 현서를 받치고 있었다.

"순지 언니!"

순지의 시선이 윤나를 향하는가 싶었다. 눈이 마주쳤다는 느낌이 들었을 때, 순지의 몸이 형체를 잃었다. 머리에서부터 흩어지기 시작하더니 순식간에 전신이 재 가루로 변했다.

현서의 몸은 충분한 시간을 들여 화단으로 추락했다. 가루가 내려앉은 곳마다 불그스름하던 흙이 거뭇하게 물들었다.

구급 대원들이 현서에게로 달려갔다. 현서는 구급 대원의 손을 거절하고 제 발로 일어섰다.

현서가 위태로운 걸음으로 다가와 윤나와 재이에게 와락 안겼다. 뺨에 문질러지는 현서의 머리카락이 갓 자라난 풀잎처럼 까슬했다.

윤나

현서는 타박상 하나 없이 멀쩡했다. 자리에 있던 모두가 보았지만 누구도 믿지 않았다. 라이브 방송 녹화본이 인터넷 곳곳으로 퍼져 나갔다. 현서가 뛰어내리는 순간은 영상에 찍혀 있지 않았다.

소문이 입에서 입을 타고 멀리까지 이동하는 동안 현서는 그저 운이 좋아 살아남은 사람이 되었다. 어떤 사람은 현서의 옷이 나무에 걸린 덕분이라고 했고, 어떤 사람은 현서가 추락한 화단이 푹신했던 덕분이라고 했다. 전부 터무니없는 추측이었다. 그러나 그것이 터무니없는 소리라는 것을 아는 사람은 몇 되지 않았다.

그날의 진상을 아는 사람들이 주경의 카페에 모여 앉았다. 주경은 순지와 찍은 사진을 보여 주었다. 수목원으로 현장 학습을 간 순지, 스티커 사진을 찍기 위해 친구들과 뺨을 맞댄 순지, 노래방에서 마이크를 쥐고 있는 순지. 그 얼굴은 윤나가 알고 있는 순지의 얼굴과 같았다. 20년이 지나도록 똑같은 모습을 지켜 온 순지가 사진 속에 있었다.

현서는 물끄러미 순지가 교실 뒤에서 빗자루를 들고 포즈를 취하는 사진을 보았다.

"이렇게 생긴 사람이구나."

현서가 말했다.

현서의 어머니는 마침내 이혼을 결심했다. 더는 기순고에 아이를 맡기고 싶어 하지도 않았다. 어머니는 현서를 데리고 친정집으로 이사했다. 친정집은 기순고에서 아주 먼 곳에 있었다.

"나는 여기서 졸업하고 싶다고 우겼는데, 당장 아빠랑 떨어져 살려면 할머니네 들어가는 수밖에 없다더라고. 짜증 나게."

현서가 턱 밑으로 황금빛 보자기를 고쳐 묶었다.

"왜 꼭 기순고를 졸업하고 싶었는데?"

윤나는 현서의 뒷덜미에 달라붙은 머리카락 조각을 스펀지로 털었다. 현서는 대답하지 않고 고개를 숙였다. 윤나는 머리카락을 전부 털어 낸 뒤에 현서의 어깨를 툭툭 쳤다. 현서는 거울에 비친 자신의 모습과 그 뒤에 서 있는 윤나의 얼굴을 번갈아 보았다.

"잠깐이나마 내 집이었던 곳이니까."

현서가 뒤늦은 대답을 했다.

"이사 가면 앞으로 머리는 어떡하지? 너 머리 금방금방 자라는 편이잖아. 매번 미용실에 갈 수도 없고."

"집에서 혼자 밀어야지."

"새로 가는 학교는 규정이 어떻대? 빡빡이 허용이래?"

"허용 안 하면 어쩔 건데. 나는 이미 밀린 상태로 가는데."

"그것도 그래."

윤나가 고개를 끄덕였다.

"머리 다듬다가 모르는 거 있으면 전화해. 아니면 주말에 내가 심재이랑 가든가 할게."

"머리 밀어 주러 오는 거야?"

"그런 셈이지."

"고맙네."

"교통비만 받을게."

윤나는 정성 들여 머리 손질을 마무리했다. 현서가 웃었다.

두 사람은 샤워실에서 나와 2학년 사물함 쪽으로 향했다. 발치에 상자를 내려놓은 재이가 현서의 사물함을 정리하고 있었다. 도서관에다 살림을 차렸던 탓인지 상자 하나로는 부족할 만큼 짐이 많았다. 교과서나 문제집은 물론이고 세면용품과 텀블러, 수건에 이르기까지 온갖 물건이 가득했다.

재이가 상자를 들어 올렸다. 상자 밖으로 현수막이 빨래처럼 늘어져 있었다. 글씨의 절반은 다른 물건에 가려져 보이지 않았다.

현서야내게돌

현서가 상자를 받아 들었다.

"여기서 인사하자. 나오지 마. 점심시간 얼마 안 남았잖아."

현서가 말했다. 재이는 물론 그 말을 무시할 작정이었다.

윤나는 이쯤에서 인사를 하기로 했다. 현서와 재이에게 단둘이 이야기를 나눌 시간을 주고 싶었다. 상자를 사이에 두고 팔만 한껏 뻗어 현서를 어설프게 안았다. 사이에 낀 상자 때문에 꽉 끌어안을 수는 없었지만 최선을 다해 현서의 등을 두드렸다.

나란히 계단을 내려가는 현서와 재이를 보았다. 재이는 틈틈이 현서가 들고 있는 상자를 빼앗아 들려고 시도했지만 실패했다. 그럴 거면 처음부터 현서한테 건네주지 않았으면 됐을 일인데.

"하여튼 심재이는 진짜 바보 같다, 그렇죠."

윤나가 나지막하게 말을 걸었다. 돌아오는 대답은 없었다.

현서의 얼굴을 보면 순지 생각이 났다. 윤나는 그게 싫지 않았다. 그런데 이제는 무엇을 보며 순지와의 기억을 떠올려야 하는지 몰랐다. 순지와 함께했던 시간이 정말로 돌아갈 수 없는 시간이 되었다는 사실을 인정하기 싫었다. 코끝이 뜨거워지려고 해서 윤나는 관자놀이를 신경질적으로 긁었다.

잠시 후 돌아온 재이는 마찬가지로 새빨개진 채 푹 젖은 얼굴을 하고 있었다. 현서를 교문까지 바래다주었다고 했다. 흰 양말에 운동장 모래가 묻어 있었다.

점심시간이 끝나기 전에 윤나와 재이는 매점에 들러 간식을 쓸어 담았다. 서두르려 했지만 조금 늦었다. 교실에 도착했을 때는 이미 5교시 시작을 알리는 종이 울린 뒤였다.

숨을 몰아쉬며 교실 뒷문을 열어젖혔다. 먼저 도착해 있던 동아리 부원들이 두 사람을 돌아보았다. 재이는 꾸벅꾸벅 고개를 숙이며 부원들에게 간식을 주었다. 윤나가 그 뒤를 따랐다.

교실이 어두워지고 영화가 시작되었다. 윤나는 영화를 보다가도 힐끔힐끔 고개를 돌려 옆을 보았다. 그곳에는 물론 순지가 없었다. 대신 처음 보는 동아리 부원이 앉아 있었다. 윤나는 그 얼굴에서 순지의 흔적을 찾아보려다 의미 없는 짓임을 깨닫고 그만두었다. 대신에 윤나는 순지가 자신에게 주고 간 것이 무엇인지를 기억하기로 했다. 순지가 소중히 생각했던 것을 간직하기로.

앞으로도 윤나는 그것을 빼앗기지 않기 위해 노력할 것이다. 현서의 표현을 빌려 말하면, 돌아오고 싶을 때 언제라도 그곳을 찾을 수 있도록.

나정

입학한 지 한 달도 되지 않았음에도 나정은 벌써 기순고가 마음에 들지 않았다. 일단 학교 이름이 촌스러웠다. 건물은 4층 도서관을 제외하면 대체로 낡았고 구린 냄새가 났다. 급식은 맛이 없었고 같은 반 애들과도 아직 데면데면했다. 한마디로 정붙일 구석이 하나도 없었다.

나정의 엄마는 면학 분위기가 좋다는 다른 고등학교를 1지망으로 쓸 것을 권유했었다. 엄마의 말을 들었어야 했나? 나정은 잠깐 후회했다. 하지만 기순고는 나정의 집에서 가장 가까운 학교였다. 아침잠이 많은 나정에게 그보다 중요한 건 없었다.

그래, 어차피 왔으니 정을 붙여 보자……. 덕분에 아침마다 이십 분씩이라도 더 잘 수 있는 거 아니겠어.

나정은 짝다리를 짚고 복도 곳곳에 붙은 동아리 홍보 포스터를 훑어보았다. 한 포스터에 적힌 문구가 눈에 들어왔다.

역사와 전통을 지닌 기순고 영화 토론 동아리의 신규 회원을 모집합니다.

고등학교 동아리에 웬 역사와 전통? 다 고만고만한 생기부 꾸미기용 모임일 거면서. 나정은 생트집을 잡으며 몸을 돌리다가 뒤에 서 있던 사람과 눈이 마주쳤다.

언제부터 뒤에 있었던 거지? 나정은 그 사람을 위아래로 훑어보았다. 한쪽 손에는 포스터 뭉치를, 다른 손에는 테이프를 들고 있었다. 훔쳐보던 걸 들켜 민망한지 쭈뼛거리면서 옆걸음질로 멀어졌다. 나정은 끝까지 눈동자로 그 사람을 쫓았다. 그 사람은 정수기 옆 벽에다가 들고 있던 포스터를 하나 붙이고는 서둘러 계단을 뛰어 내려갔다.

나정은 정수기 옆으로 가서 그 사람이 붙이고 간 포스터를 보았다. 방금 보았던 것과 똑같은 동아리의 포스터였다. 포스터 맨 아래에는 동아리 회장이라는 사람의 이름이 적혀 있었다.

최윤나. 최윤나. 나정은 그 이름을 곱씹으며 연락처를 저장했다. 포스터에 적힌 역사와 전통이 뭔지 직접 확인할 생각이었다.

작가의 말

나의 청소년기를 돌아보는 중이다.

학창 시절의 나는 분노로 가득 차 있었다. 해소하지 못한 감정은 불면의 형태로 돌아왔다. 학교에서는 내리 잤고 밤에는 깨어 있었다. 교복의 존재가 싫었고 화장과 네일 아트와 피어싱을 못 하게 하는 규정도 싫었다. 강제된 야간 자율 학습도 싫었다. 그런 나에게 선생님들은 자주 말했다.

"나중이 되면 지금이 좋았다는 것을 알게 될 거다."

선생님들은 대학에 가면 하고 싶은 걸 마음껏 할 수 있게 된다고 했다. 하지만 나는 자체적인 규정이 남아 있는 학과에 진학했다가 네일 아트를 지우고 오라는 지시를 받았다. 직장인이 되면 매일 옷을 골라 입는 것부터가 귀찮은 일이라며 교복을 입을 때가 제일 편한 시기였음을 알게 될 거라고도 했다. 취업을 준비하면서 나는 매일 똑같은 유니폼을 입어야 하는 직무를 선택했다. 사회에 나가서 돌아보면 공부만 하면 되는 지금이 제일 좋은 시기라는 것을 깨닫게 될 거라고도 했다. 하지만 나는 졸업한 지 한참이 지난 지금까지도 그 시절이 그립지 않다. 가장 고통스럽게 느껴지는 순간도 학창 시절의 고통을 떠올리면 비교적 버틸 만하다는 생각이 들 정도이다.

부당함은 시간이 지난다고 해결되는 문제가 아니며 그 순간에 느끼지 못하는 행복은 한참 뒤에 떠올려 보아도 행복이 아니다. 그때 뭔가를 조금 더 했으면 좋았겠다고 생각한다. 엎드려서 자는 것 외의 방법을 찾았더라면 좋았을 것 같다. 청소년인 내가 할 수 있는 일은 당시의 내가 믿었던 것보다 훨씬 많았다.

하지 못했던 말을 이제라도 하고 싶어서 청소년 소설을 쓰기 시작했다. 그런 마음으로 시작했지만, 앞으로 어떤 이야기를 쓰게 될지는 모르겠다. 부디 오래오래 지켜봐 주시기를.

이야기와 인물들에 애정을 갖고 이야기를 더 좋은 쪽으로 만들기 위해 함께 애써 주신 편집부 선생님들, 책이 세상에 무사히 소개될 수 있도록 도와주신 많은 분께 감사 인사를 드린다.

2026년 새해 다짐을 세워 보면서,

이로아

귀신 붙게 해 주세요

초판 1쇄 펴낸날 2026년 2월 25일
지은이 이로아
펴낸이 김민지

편집 박다예, 최성휘
디자인 이향령
마케팅 백민열, 김하연, 이윤서

펴낸곳 미래M&B
등록 1993년 1월 8일(제10—772호)
주소 07207 서울시 영등포구 양평로 21가길 19, 비동 2층 210호
전화 02—562—1800(대표)
팩스 02—562—1885(대표)
전자우편 mirae@miraemnb.com
홈페이지 www.miraeinbooks.com
블로그 blog.naver.com/miraeibooks
인스타그램 @mirae_inbooks

ISBN 978-89-8394-997-4 (43810)